D1720384

Hans Schafgans

Der letzte Mann von Paris

Roman

HORLEMANN

Die Deutsche Bibliothek – CIP-Einheitsaufnahme

Hans Schafgans:
Der letzte Mann von Paris : Roman / Hans Schafgans. –
Unkel/Rhein ; Bad Honnef : Horlemann, 1994
ISBN 3–89502–002–8

Umschlag unter Verwendung
eines Bildes von Hans Schafgans

Gedruckt in Deutschland

Horlemann-Verlag
Unkel/Rhein und Bad Honnef

Hin sind meine Zaubereien.
Was von Kraft mir bleibt, ist mein.
Und das ist wenig.

William Shakespeare »Der Sturm«

Am 25. Mai 2003 wurde über alle Rundfunk- und Fernsehanstalten der Vereinigten Staaten von Amerika folgende Meldung verbreitet:

»In der Nacht wurden aus einem biochemischen Forschungsinstitut in Providence (Connecticut) gentechnisch behandelte Viren entwendet. Da die Versuchsreihe dieses Forschungsprojektes erst begonnen hatte, kann man über Krankheiten, die von diesen Viren verursacht werden könnten, keine Aussagen machen. Es muß jedoch befürchtet werden, daß bei Freisetzung der Viren es zu einer epidemischen Infektion kommen könnte. Alle Ärzte und Kliniken sind daher aufgefordert, bei Verdacht auf eine unbestimmbare Krankheit sofort Isolationsmaßnahmen zu treffen und die amtlichen Gesundheitsbehörden zu informieren.

Auch über die Diebe ist bisher nichts bekannt. Es ist nicht auszuschließen, daß sie in Kreisen des internationalen Terrorismus zu suchen sind.

Die Behälter, in denen sich die gestohlene Virenkultur befindet, sind sicher verschlossen. Bei Rückgabe der unbeschädigten Behälter garantiert der Justizminister der Vereinigten Staaten den Tätern Straffreiheit zu, auch dann, wenn ihnen noch andere Straftaten anzulasten wären, oder wenn sie der terroristischen Szene angehörten. Die amerikanische Regierung appelliert deshalb an die Vernunft der Täter, weil sie sich beim Öffnen der Behälter selbst der größten Gefahr aussetzen würden.«

Die Virenkulturen wurden nicht wiedergefunden.

Trotz der Bedrohlichkeit des Vorfalls ließ nach einigen Wochen die Beunruhigung der Weltbevölkerung nach und die Sache wurde vergessen.

1

Eintragung in das Tagebuch des Geologen Gustave Dunois vom 10. September 2093:

Ich bin der letzte Mensch von Paris.

Gestern habe ich den vorletzten Menschen von Paris begraben, meinen Freund Samuel Goldmann.

Er wurde vierundneunzig Jahre.

Begraben ist nicht das richtige Wort. Ich habe seine Überreste in dem kleinen Mausoleum jenseits der Straße abgelegt. Zum graben sind meine Arme zu alt geworden. Mit seinem Körper zog ich eine Spur durch das Unkraut, das zwischen den Ritzen des Kopfsteinpflasters wächst.

Ich bin neunzig Jahre. Ich bin der jüngste Mensch von Paris.

Ich hatte Goldmann versprochen, ihn im jüdischen Teil des Friedhofes zu begraben. Ich versprach es ihm, nachdem wir vor sechs Jahren beschlossen hatten, in ein Mausoleum des Friedhofes PÈRE LACHAISE zu ziehen, weil es in Paris bald keine Menschen mehr geben würde, die uns zum Friedhof schafften.

Obwohl ich kein Jude bin, versprach ich, Kaddisch für ihn zu sagen, wenn er vor mir stürbe.

Er meinte zwar, nach der Tradition müßten das Kaddisch zehn jüdische Männer gemeinsam sprechen, doch für den letzten Juden würde es Gott auch von einem Goi annehmen.

Für mich brauche er nicht zu beten, hatte ich geantwortet. Er glaube vielleicht an sein Kaddisch, ich dagegen sei der Ansicht, die Menschen hätten Gott geschaffen – eher als umgekehrt –, und deshalb habe der letzte Mensch auch kein Gebet mehr nötig, wenn er stürbe.

Es ist noch nicht lange her, daß wir darüber sprachen.

Gestern war ein schöner Tag. Wir saßen vor unserem Mausoleum in der Sonne.

Mitten im Sommer fürchtete sich Goldmann vor dem Winter.

Er sagte: »Die Sonne wird uns immer von neuem weggenommen. Das sind Gottes Liebesentzüge. Ich will nicht damit bestraft werden. Ich bin zu alt und zu müde, um bestraft zu werden. Ich will sterben, solange es noch warm ist.«

Am Nachmittag ist Goldmann gestorben. Er hatte sich gegen die westliche Seitenwand unseres Mausoleums gelehnt und ein Sonnenbad genommen. Und während des Sonnenbades ist er gestorben, aus Angst vor dem Winter.

Unter meinen Tagebüchern holte ich das Gebet hervor, das mir Samuel Goldmann aufgeschrieben hat und las es ab, während ich über das Blatt hinweg ein verrostetes Kreuz anschaute, das sich vom Dach des kleinen Mausoleums schräg niederhängend mir entgegenneigte. Ich verstand nicht, was ich las, aber ich würde der Letzte sein, der das in Paris gesagt hatte.

In meinem Mausoleum liegen meine Tagebücher. Sie sind sicherer als im sichersten Tresor, denn es gibt keine Menschen mehr. Nur ich selber könnte sie mir wegnehmen und vernichten.

Als wir uns vor sechs Jahren entschlossen hatten, hierher zu ziehen, war die Stadt Paris eine Stadt nach Art der Geister, in deren Gewändern nichts steckt.

Wir waren Nachbarn, wohnten in der RUE DU FAUBOURG MONTMARTRE, im 9. Bezirk, Haus an Haus, hatten immer noch Haus an Haus gewohnt, als die anderen Häuser schon leerstanden, als die kleinen Geschäfte mit ihren Besitzern dahingegangen waren, als auch die letzte Bäckerei, in der es ohnehin selten Brot gab, geschlossen wurde, weil der letzte Bäcker unseres Bezirks starb. Zuvor waren es die Fleischer, die Frisöre, die Bestatter.

Vor allem der Tod der Bestatter brachte uns auf die Idee, unsere Wohnungen im 9. Bezirk zu verlassen und auf den PÈRE LACHAISE zu ziehen.

Als wir zuletzt in unseren Wohnungen in der RUE DU FAUBOURG MONTMARTRE wohnten, waren Samuel Goldmann sechsundachtzig Jahre und ich dreiundachtzig Jahre alt.

Seit 2004 wurden keine Menschen mehr geboren.

Jetzt bin ich neunzig, und ich kann niemandem mehr aus meinen Tagebüchern vorlesen. Ich bin der Jüngste und der Letzte.

Ich fürchte, daß dieser Winter kalt wird und mich tötet.

Wenn ich ihn aber wie die anderen fünf Winter auf dem PÈRE LACHAISE überlebe, dann wird mich erst der übernächste Winter umbringen.

Denn in der Sonne, wie mein Freund Samuel Goldmann, werde ich nicht sterben.

Als ich im Jahre 2010 eingeschult wurde, hatten die meisten Menschen schon wieder Zutrauen zu ihrem Leben gefunden, obgleich seit Ende des Jahres 2004 auf der Erde kein einziges Kind mehr geboren worden war.

Seit dem Diebstahl am 25. Mai 2003 hatten sich die genmanipulierten Viren mit einer unvorstellbaren Aggressivität und Schnelligkeit über die Erde verbreitet und keinen Mann verschont. Die Krankheit tat ihre Arbeit wie ein Dieb in der Nacht. Sie hatte die Menschen nicht mit einem Würgegriff umgebracht wie einst die Cholera oder die Pest, sondern sie war leise und vollkommen gründlich.

Die Männer hatten die Krankheit einfach nicht bemerkt, weil sie nicht schmerzte und sie nicht behinderte, wenn sie den Frauen ihren leeren Samen gaben.

Das hatte die Krankheit lange versteckt.

Als keine Kinder mehr geboren wurden, nicht einmal in Ländern, wo man vorher die Bevölkerungsexplosion mit Verhütungsmaßnahmen bekämpft hatte, waren die Menschen zunächst ratlos. Denn die Zeitungsnachricht vom 25. Mai 2003 hatte man schon vergessen.

Es dauerte lange, bis man einen Zusammenhang fand.

An meine Einschulung 2010 erinnere ich mich gut. Ich war aufgeregt, weil es mein erster Schultag war, und ich teilte die Aufregung mit anderen gleichaltrigen und aufgeregten Kindern.

Der Schuldirektor hatte uns begrüßt und gesagt, daß nun eine neuer Lebensabschnitt für uns beginnen würde. Er sprach von Verantwortung. Wir waren gespannt, wie alle Kinder, die die den ersten Tag zur Schule gehen.

Diese Einschulung der letzten Sechsjährigen, welche die Menschheit hervorbringen würde, wäre wie alle anderen Einschulungen verlaufen, hätte nicht eine junge Lehrerin plötzlich zu schreien begonnen: »Die Letzten, mein Gott, warum, mein Gott, laß es nicht die Letzten sein!«

Man hatte sie hinausführen müssen aus dem alten Schulgebäude, das nach Fußbodenpflegemitteln und nach überdauertem Kinderschweiß roch, scharf, stickig und etwas säuerlich. Man hatte die Lehrerin aus dieser Luft an die Luft setzen müssen.

Erst als die Lehrerin anfing zu schreien, hatten sich die Kinder erinnert, daß sie die Letzten waren.

Wir machten uns daran, fürs Leben zu lernen: Lesen, Schreiben, Rechnen. Später Latein, Mathemathik und auch diese Biologie, die die Menschheit umgebracht hatte. Und vor allem mußten wir Geschichte pauken, damit wir sie aus dem FF können würden, wenn sie einmal mit uns endete.

Doch ans Ende zu denken war für die letzten Schüler verboten. In der Schule wurde nicht vom Ende der Menschen gesprochen.

Unser Geschichtslehrer hat uns mehr geplagt als alle anderen Lehrer. Er wollte für uns alle Hoffnung aus der Vergangenheit holen, weil man in der Schule von einer hoffnungslosen Zukunft nicht sprechen durfte. Wir mußten die Leistung des Menschen begreifen, weil später keiner mehr da war, um sie zu begreifen.

Die Tagebücher, in denen ich mein Leben aufgeschrieben habe, lagern in einer Eisenkiste, die ich in meinem Mausoleum auf dem PÈRE LACHAISE aufbewahre. Bis gestern konnte ich mein Leben stückweise meinem Freund Samuel Goldmann vorlesen. Er, der auf der Bühne gestanden hat, war ein guter *Zuhörer* geworden.

Nun muß ich mir meine Tagebücher selbst vorlesen. Doch über dem Lesen kommen auf dem PÈRE LACHAISE zwei verschiedene Wesen zusammen: Der letzte Mann von Paris, den niemand mehr sieht, und der Mensch aus diesen Tagebüchern, der noch zwischen Menschen gelebt hat. Darum hoffe ich, daß dieses Vorlesen nicht eintönig sein wird, weil ich mich mit Männern unterschiedlichen Alters unterhalten kann. Denn die Tagebücher enthalten Zeit von mehr als siebzig Jahren

Es ist ein Dialog aus Monologen. Er findet von jetzt an auf diesem Friedhof statt. Meine Tagebücher, die ich einzeln aus der Eisenkiste, die sie vor den vielen siegreichen Ratten schützt, heraushole, werden diesen großen Dialog möglich machen.

Ich suche nach dem Ende meiner Schulzeit:

19. April 2022

Heute ist ein schöner Tag.

Ich habe meine letzte Arbeit für die Reifeprüfung geschrieben. Ich bin die Schule los. Die große Freiheit? Kaum. Aber es gibt einen wirklichen Grund zur Freude. Eine schlimme Unfreiheit wartet nicht mehr auf mich, denn die französische Regierung hat das Militär abgeschafft. Damit folgt sie endlich dem Beispiel der anderen Staaten, die ihre Armeen verschrottet haben.

Die Marstempel der Militärakademien sind verschwunden, seit die Menschen begriffen haben, daß sie vernichtet sind. Sie können, was ihre Sicherheit angeht, ohne Angst leben.

Ich muß nach dem Abitur kein Soldat werden, wie ich es vor Wochen noch befürchtete.

Ich wundere mich an diesem schönen Tag, wieso gerade unsere französische Regierung so lange an ihrer Armee festgehalten hat.

Wahrscheinlich sind Franzosen am meisten mit Hoffnung begabt und vertrauen dem menschlichen Genie deshalb auch am stärksten.

Wir waren zunächst alle sicher, daß die Wissenschaft ein Mittel fände, das das Unglück beheben würde. Und nach der genetischen Reparatur hätte man auch wieder eine Armee gebraucht. Weshalb also die alte vorschnell abschaffen?

Daß es schließlich doch kein Gegenmittel gab, mußte schon tief in das Bewußtsein der Franzosen eindringen, ehe unserer Regierung einsah, daß es nichts mehr zu verteidigen gab.

Heute ist ein schöner Tag und die Menschen sind friedlich. Und ich habe recht, zu sagen, ich stünde an der Schwelle zur Freiheit. Es hat nur entfernt, anlaßhaft, mit der Schule zu tun.

Ich erlebe, daß die Armee verschwindet. Allerdings

nützen uns die Pflugscharen, die einmal Schwerter waren, auch bald nichts mehr. Aber ich bin sicher, daß die Abenddämmerung der Menschheit von einer immer stärkeren Friedfertigkeit erfüllt sein wird, je mehr das aggressive Menschheitsbewußtsein nachläßt.

Ich glaube, daß die Geschichte von Kain und Abel nicht stimmt: Der erste Mord mußte später geschehen sein, viel später, als es schon ein richtiges Menschheitsbewußtsein gab und nicht erst zwei Menschen.

Gewiß lebten Kain und Abel friedlich in dieser Morgenfrühe. So friedlich, wie nun die Menschen in ihrer Abenddämmerung geworden sind. Ich glaube nicht, daß Kain ein Mörder war. Er war der erste Mensch, der *geboren* wurde, und ich werde vielleicht der letzte Mensch sein, der *stirbt*. Dann ist ein Kreis geschlossen.

Ich blättere weiter im Tagebuch des Jahres 2022.

Damals war ich jung. Ich könnte mir ohne diese Tagebücher nicht mehr vorstellen, jung zu sein. Es fällt vielen Menschen schwer, sich ihre Jugend vorzustellen, aber früher sahen sie wenigstens junge Leute. Mir ist niemand nachgewachsen, in dem ich mich als junger Mann wiedererkennen kann. Ich habe nur meine Tagebücher.

2

Ich lese weiter.

15. August 2023

Ich treffe Dominique am Seineufer. Ich hatte sie seit der Abiturfeier nicht mehr gesehen. Damals trug sie ein schwarzes Kleid. Daran erinnere ich mich, weil sie wie eine sehr junge Witwe aussah.

Nun trägt sie ein schulterfreies Sommerkleid, und es ist hübsch, wie ihre langen schwarzen Haare über ihre Schultern fallen.

Wir spazieren durch den leeren Tuilerienpark und setzen uns auf eine Bank in die Sommersonne. Wir sprechen von der Schule, als gäbe es sie noch und wir würden im Herbst wieder dorthin zurückkehren.

Ich erzähle, daß ich Geologie studieren will. Sie spricht von ihren Eltern und sagt, daß diese seit Jahren auf Reisen seien. Seit ihr Vater begriffen hätte, daß die

Menschheit ausstirbt, habe er aufgehört zu arbeiten und zu reisen begonnen. Sie meint, daß es völlig egal wäre, was man täte, Geologie zu studieren oder zu verreisen, Nonne oder Prostituierte zu werden. Wie sie es sagt, klingt es zufrieden.

Ich sehe, daß sich Dominique über die Sonne freut.

Ich sitze neben ihr und betrachte sie, die glücklich und teilnahmslos ist. Ich sehe die helle Haut ihrer Schultern, das schwarze Haar, und sehe, wenn sie sich zu mir neigt, durch den Ärmelausschnitt des Kleides ihre Brust. Dominique ist schön. Ich habe sie immer schön gefunden, seit ich ein Junge war, der Mädchen schön finden konnte. Aber heute finde ich sie begehrenswert.

Ich vermute, daß es mit dem Ausschnitt des Kleides zu tun hat und ärgere mich, daß mein Verlangen einer solchen Automatik unterworfen ist. Ich denke, daß ich mit meinem Begehren nach Dominique, die im ärmellosen Kleid neben mir auf einer Tuilerienbank sitzt und mir das Profil ihrer schönen Brust zeigt, wie ein Pawlowscher Hund reagiere.

Sechs Jahre lang habe ich in der Schule schräg hinter ihr gesessen und ihr Ohrläppchen betrachtet. Ihre Ohrläppchen haben mich nicht erregt. Sie waren durchbohrt und mit großen Ringen behangen. Der Schmuck wechselte, doch immer war er groß. Ich habe nie das Verlangen gehabt, Dominiques Ohren zu entkleiden und zu küssen. Im Gegenteil, das leichte Schaukeln ihrer Ohrringe hat mich beruhigt. Es war wie ein Pendel der Vernunft, wenn wir unsere Arbeiten schrieben.

Ich weiß nicht einmal mehr, ob ich während unserer Schulzeit oft mit Dominique geredet hatte.

»Ich will Geologe werden«, sage ich nochmals, weil Dominique schweigt. Als ich von meinem zukünftigen Beruf spreche, setzte sie die sinnlosen Reisen ihrer Eltern dagegen, die das große Familienvermögen verbrauchen, deren Rest Dominique erben wird, wenn noch ein Rest bleibt. Ob sie Nonne oder Prostituierte werde, sei egal, sagte sie. Sie sah nicht traurig aus, nicht verzweifelt, nicht einmal fatal. Allenfalls gleichgültig.

Aber Dominique ist mir nicht mehr gleichgültig. Die Kontur ihrer Brust ist in meinem Gehirn, und ich reagiere wie ein Pawlowscher Hund.

Dominique freut sich über die Sonne und streicht ihr glattes Haar zurück, damit es keinen Schatten auf ihr Gesicht wirft.

Ich bemerke, daß sie keine Ohrringe mehr trägt. Doch als sie ihren Arm hebt, sehe ich wieder die Brust.

»Du trägst keine Ohrringe mehr?« frage ich.

»Wolltest du mir das sagen?«

»Nein«, ich bin verlegen und deshalb tapfer, »ich wollte dir sagen, daß ich mit dir schlafen möchte, Dominique«.

Mein mutiger Antrag verändert nicht ihre Gleichgültigkeit. Sie hält ihr Gesicht der Sonne hin und antwortet nicht mir, sondern der Sonne: »Vielleicht wird es gut für dich sein, Geologe. Vielleicht auch für mich. Vielleicht für uns beide. Vielleicht für keinen von uns beiden.«

Wir gehen in ihr großes Haus, wo ihre Eltern, wie üblich, verreist sind.

Hier endet die Tagebucheintragung. Was in Dominiques großem Haus geschah, davon ist nichts eingetragen. Doch die erste Liebesbegegnung steht immer im Sternstundenbuch des Gedächtnisses eingeschrieben.

Goldmann, der Schauspieler, der seit gestern in das Grabmal gegenüber eingezogen ist, nannte den ersten Orgasmus ein Premierensyndrom.

Nie bin ich in einem reicheren, üppigeren Haus gewesen, obgleich alle Möbel mit weißen Leichentüchern verhängt waren, zum Schutz gegen den Staub. Aber auch durch diese verdeckte Pracht hindurch war die überwältigende Üppigkeit des Hauses auf Dominiques Körper übergegangen, den sie mir nackt überließ.

Seither liebten wir uns öfters in ihrem schönen Haus.

Ich merkte bald, daß Dominique noch andere Liebhaber hatte, aber es störte mich nicht. Denn es war unter jungen Menschen der letzten Generation nicht ungewöhnlich, daß Mädchen mehrere Liebhaber und Jungen mehrere Geliebte hatten. Moral war aus der Mode. Nicht einmal die Pfarrer redeten noch davon.

Und womit auch hätten sie drohen können? Die

Strafe des Himmels war schon vollstreckt, und Bestrafte leben wenigstens in der Freiheit, ihre Strafe schon hinter sich zu haben: Man kann ihnen nicht mehr drohen. Und die Pfarrer hatten sehr bald damit aufgehört, von einem Strafgericht zu sprechen.

Nur anfangs, solange sie das Verhängnis noch für abwendbar hielten, hatten sie in den Kirchen zu Sündenbekenntnissen und Bußübungen aufgerufen. Doch je mehr sich das Unheil als unabwendbar erwies, desto schneller kehrte sich das Schuldbewußtsein ins Gegenteil um, und der machtlose Klerus erließ den Letzten ihre Sünden. Was hätten die Pfarrer auch anderes tun können.

So kam es, daß niemand mehr, wie früher, sich mit Schuldgefühlen herumschlagen mußte. Man lebte wenigstens in dieser Hinsicht ziemlich problemlos. Dominique hatte andere Liebhaber, aber es gab keine Moral mehr, die Mißtrauen zwischen uns gebracht hätte, wenn wir uns in ihrem schönen Hause liebten.

Heute trete ich mein Studium an.

Zur Einführungsvorlesung versammeln sich dreißig Studentinnen und Studenten in einem alten Hörsaal, der halbrund wie das Segment eines Amphitheaters in Sitzreihen ansteigt.

Ich bin zum ersten Male in einem Hörsaal und bemerke auch hier den Geruch nach altem Holz und feuchten Kleidern. Schulgeruch, Lerngeruch ist uralt abgestanden. Ich hatte diesen Geruch befürchtet, doch gehofft, ihn nicht zu finden. Es gibt Fenster, doch die sind geschlossen. Auch wenn sie geöffnet wären, glaube ich nicht, daß sie gegen die Innenluft ankämen. Die Tradition der Innenluft hat den Geruch gegen die Außenluft konserviert. Immer ist zum alten etwas neues hinzugekommen. Vielleicht ist sogar noch etwas Kleiderfeuchtigkeit aus dem Mittelalter darunter, vom regennassen Wams des François Villon. Ich glaube, der Geruch wird uns Studenten noch lange überdauern, wenn niemand mehr an feuchten Wintertagen in die Hörsäle kommen wird, um ihn fortzusetzen. Ein bißchen Verwesung ist in dem Geruch. Die vielen feuchten Kleider der Jahrhunderte haben ihn erneuert, und erst, wenn sich nichts mehr in diesen Räumen bewegt, wird es irgendwann auch mit dem Geruch vorbei sein.

Tischgeklopfe schreckt mich auf. Der Professor ist gekommen. Es ist ein großer grauer Mann, der einem aufrecht gehenden Bären ähnlich sieht. Besonders sein Schritt erinnert mich an einen Tanzbären.

Seine Stimme klingt nicht bärenhaft, sondern eher hoch und zierlich. Er beginnt mit den Worten, daß die

Erde, welche wir kennenlernen wollten, ein Raumschiff voller Geheimnisse und Schätze sei, welche der Mensch ihr mit immer ausgebuffteren Mitteln entrissen hätte.

»Ihr aber werdet die ersten Wissenschaftler sein, die diese Erde nicht mehr zerstören müssen. Ihr könnt sie noch ein einziges Mal erforschen, nur um eure Neugierde zu befriedigen. Ihr dürft wieder naiv sein, wie es Gallileo Galilei war, wie es Peary am Nordpol war, wie es alle waren, ehe die großen Macher kamen. Später gab es keine naiven Forscher mehr. Jede Forschung hatte schlimmere Folgen. Lange haben Geologen untersucht, ob die Erde die Häuser der Menschen trägt. Niemand hat untersucht, ob sie die Häuser der Menschen erträgt.«

Als ich im Sommer zu Dominique sagte, ich wolle Geologe werden, hätte ich noch nicht sagen können, *warum* ich Geologe werden wollte. Es wäre sonst auf das gleiche herausgekommen wie ihre Antwort von der Prostituierten und der Nonne. Nun könnte ich ihr sagen: »Ich bin Geologe geworden, damit ich ein Raumschiff kennenlerne, ehe ich es möglicherweise als Letzter verlasse.«

Ich werde es ihr sagen, wenn ich sie wieder in ihrem schönen Haus besuche oder wenn wir durch Paris spazieren, das sich fast unmerklich zu leeren beginnt, weil täglich die Bestattungswagen zu den Friedhöfen und den Krematorien fahren und seit zwanzig Jahren auf den Entbindungsstationen nicht mehr gearbeitet wird.

Die Leichenwagen fallen im Straßenverkehr nicht mehr als früher auf, aber wir ahnen ihr tägliches Fahren, wenn wir vor geschlossenen Geschäften stehen.

In der Nähe jagte eine Hundemeute eine Katze oder ein Kaninchen. Vielleicht auch Ratten. Es gibt viele Ratten in Paris.

Die Hunde sind endlich die Herren von Paris. Von den Menschen geliebt und getreten, sind sie nun Herren geworden. Es sind kräftige schöne Tiere, weder Ketten- noch Zierhunde. Sehr lebenstüchtig organisieren sie ihre Rudel. Nicht immer scheint mir der stärkste, sondern der intelligenteste Hund der Anführer zu sein.

Es ist immer dasselbe Rudel, das hier auf den Friedhof kommt. Fünfzehn Tiere, die in der oberen AVENUE DE LA REPUBLIQUE wohnen. Sie wohnen in verlassenen Häusern, die ihnen die Menschen für jahrtausendlange treue Dienste vererbt haben. Bis diese zerfallen sind, werden die Hunde dort mit den Katzen und den Ratten wohnen.

Ehe ich auf den Friedhof umzog, habe ich einmal beobachtet, wie aus einer Haustüre zwanzig Hunde herauskamen, sich auf der Straße sammelten, wie eine

Hausgemeinschaft, die morgens gemeinsam zur Arbeit geht.

Sie trabten dann den breiten Boulevard entlang, auf dem kein Auto mehr fuhr. Nur bisweilen schlurfte ein alter Mann vereinzelt zwischen den Tieren auf brüchigem Asphalt. Die Hunde gingen selbstbewußt an den Menschen vorbei. Man achtete sich, aber es war klar, wer den Vortritt hatte.

Anfang der siebziger Jahre hatte sich noch einmal eine Gruppe ehemaliger Jäger in Paris zusammengetan, um Jagd auf Hunde zu machen. Sie wollten sich nicht damit abfinden, daß die Menschen nicht mehr die Jagdherren waren und begriffen nicht, daß Schüsse nicht mehr in die Abenddämmerung der Menschheit paßten, wenn nun diese Abenddämmerung schon einmal angebrochen war.

Wir nahmen ihnen die Flinten weg und schickten sie nach Hause. Es war in Paris der letzte Aufstand gegen den Frieden auf Erden.

Die Erinnerung macht mich neugierig, was ich darüber geschrieben habe. Es dauert lange, bis ich diese Stelle in den Tagebüchern finde, aber schließlich ist die Arbeit, der letzte Mann von Paris zu sein, nicht so groß, daß ich keine Zeit dafür hätte.

Das Rosenkohlbeet zwischen zwei steinernen Grüften müßte allerdings bewässert werden, und in diesem heißen Sommer sinkt der Wasservorrat in der Zisterne. Ich muß mich in allen Stücken bevorraten für den

Winter und so tun, als würde ich auch diesen Winter noch überleben. Doch es wird schwerer, härter werden, weil der alte Samuel Goldmann und ich uns nicht mehr gegenseitig helfen können.

Es ist einsam in meinem Mausoleum, das andere für andere Tote gebaut haben, doch es ist geräumig genug, damit ich es gemütlich in meiner kleinen Kapelle habe, meinem Wohnzimmer und Warteraum vor dem Paradies.

Ich blättere in den Heften der Jahre zweiundsiebzig und dreiundsiebzig, finde viel über Gespräche mit Goldmann und nehme mir vor, diese Hefte genauer zu lesen: Als einen Nekrolog, eine Lesung als Hommage an den Freund, der gegenüber seine jüdische Auferstehung in einer menschenlosen Welt erwartet. Wir haben uns einmal darüber unterhalten, ob sein Messias auch in eine Welt ohne Menschen käme, oder ob er von dieser radikalen Endzeit überholt wurde.

Irgendwann werde ich auch diese Notiz wiederfinden. Nun suche ich die Sache mit den Jägern.

Ich finde sie schließlich unter der Eintragung vom 25. Mai 2073. Damals wohnten wir noch im neunten Bezirk.

...plötzlich höre ich Schüsse aus der Richtung des BOULEVARD POISSONIERES. Anfangs glaubte ich, mich zu täuschen, aber die Gewehrschüsse sind deutlich zu hören.

Ich bin erschrocken: nicht erschreckt, wie man gewöhnlich durch einen Schuß, einen Peitschenknall oder durch eine zugeschlagene Tür erschreckt wird, sondern ich bin in meiner Seele erschrocken, weil ich geglaubt hatte, dieses unheilvolle Menschengeräusch nie mehr hören zu müssen.

Ich schaue aus dem Fenster, sehe, daß auch andere Leute aufmerksam werden, aufgeregt aus ihren Häusern kommen und in die Richtung laufen, aus der die Schüsse zu hören sind. Ich schließe mich an.

An der Ecke BOULEVARD HAUSSMANN zum BOULEVARD MONTMARTRE sehe ich etwa zehn bis zwölf Männer, alte Männer wie wir, die mit Flinten Jagd auf ein Hunderudel machen. Ein Hund liegt verletzt am Boden und winselt.

Wir greifen die Jäger an und reißen ihnen die Gewehre weg.

Sie wehren sich nicht. Ein alter Mann boxt einen alten Jäger ins Gesicht. Das ist der einzige Kampf mit diesen verwirrten Herren der Schöpfung. Der geschlagene Jäger hält sich die Hand vor die blutende Nase. Seine Flinte ist er los.

Wir jagen die Jäger mit ihren eigenen Flinten vor uns her, bis an die Seine. Mitten auf der PONT NEUF halten wir an und werfen die Flinten in den Fluß. Die Jäger sehen zu, sind stumm, scheinen sogar erschüttert, und einige von ihnen weinen. Ich bin immer noch empört und werfe das Gewehr, das ich in der Hand halte, über das Brückengeländer. Ich habe das Gefühl, etwas für die gewesene Menschheit damit gutzumachen.

Ich wende mich um und sage zu den Jägern: »Die Menschen sollten die Diener der Erde werden. Ihr habt euch mit Waffen zu ihrem Herren gemacht. Jetzt seid ihr nicht einmal mehr ihr Diener!«

Die Jäger laufen weg, und auch wir gehen langsam nach Hause.

Das war die Sache mit den Jägern. Eine Geschichte unter vielen Geschichten, die in der Eisenkiste liegen. Mein Leben springt mir aus den Heften entgegen, wo immer ich sie öffne.

Die Geschichte mit den Jägern spielte in den siebziger Jahren. Von dieser Zeit wird noch viel die Rede sein.

»Es ist Nacht, wenn du Grau und Schwarz nicht mehr unterscheiden kannst«, hat Goldmann gesagt. In den siebziger Jahren konnte man es noch gut unterscheiden, aber es war abzusehen, wann sich das Grau ins Schwarz verlieren würde. Um möglichst lange die Unterschiede wahrzunehmen, war es notwendig, immer angestrengter eine klare Sicht zu bewahren. Auch von diesen Anstrengungen, bei denen Goldmann und ich uns gegenseitig unterstützten, wird berichtet werden.

Auf die späte Jägerepisode haben mich die Hunde gebracht. Nun zieht es mich wieder in meine Jugend zurück.

Alle diese vielen Seiten sind wie die Farben des Regenbogens: Meine Jugend ist das warme Licht. Dann nimmt das Licht an Kälte zu, bis in die blaue Dämmerung hinein. Bald wird es im Ultravioletten aufgehen, in welchem sich mein Geist möglicherweise schon bald aufhalten wird.

Deshalb nehme ich ein Heft aus der hellroten Phase, schlage es auf und lese.

25. Mai 2023

Dominique hat ein Motorrad.

Ich kannte es nicht. Weiß nicht einmal, ob sie mit einer solchen Maschine umgehen kann. Es ist ein schweres Motorrad, mit wuchtigen Rädern und breitem Lenker. Es hat zwei dicht nebeneinanderstehende Scheinwerfer, wie enggestellte böse Augen, und jede Menge blitzendes Metall.

Dominique, in schwarzem Leder, sieht auf ihrem Motorrad wie eine Todesgöttin aus.

»Wir verreisen«, sagt sie.

Einer Todesgöttin widerspricht man nicht.

Ich sitze hinter ihr auf dem gefährlichen Rad und spüre ihren in glattes Leder eingeschlossenen Leib. Dominique läßt den Motor heulen. Ich fühle durch meine Stoffkleidung den Fahrtwind.

Das Motorrad heult und rast. Ich habe nie auf einem Motorrad gesessen.

Ich bin ihr ausgeliefert.

An ihrem Rücken vorbei sehe ich, rechts und links am Lenker, die schmalen Hände, an denen mein Leben hängt, und diese Hände entfachen diese scheußliche Kraft unter mir. Wie sie das Motorrad führen, scheinen sie selbst von dieser unwiderstehlichen Kraft zu sein. So habe ich ihre Hände nie betrachtet.

Außerhalb der Stadt nimmt die Geschwindigkeit noch mehr zu. Wir sind auf der Autobahn nach Bordeaux. Ich fürchte, wir fahren fast 250 Kilometer pro Stunde.

Sie wechselt in Richtung nach Westen, verläßt die Autobahn in Chartre, das Tempo fällt zurück, wir fahren die steilen Straßen zur Kathedrale hinauf. Mächtig dröhnt in diesen engen Straßenschluchten das Geräusch der schweren Maschine.

Im Sonnenlicht wirkt das graue Gestein der Kathedrale fast weiß. Nur die Heiligen und Teufelsfiguren heben sich dunkel ab. Zwischen den Häusern auf dem kleinen Platz wirken die Türme unerreichbar hoch, das Gemäuer unüberwindlich.

Wir gehen in die Kirche hinein. Unsere sonnenblinden Augen, die gegen das Licht die Höhe der Türme gesucht haben, werden überwältigt von der Dunkelheit des Raumes. Fast ist es finster. Erst als unsere Augen diese Finsternis überwunden haben, leuchten die Farben der berühmten Fenster über uns auf. Eine perfekte Inszenierung aus Stein, Glas und Licht.

Wir gehen durch den leeren Kirchenraum, Dominiques Körper im schwarzen Lederanzug verbindet sich mit der Dunkelheit des Grundes. Nur ihr helles Gesicht und ihre Hände sind sichtbar als leuchteten sie.

In dieser Stille sind unsere Schritte laut. Viel zu laut.

»Weshalb bist du hierher gefahren?« frage ich.

»Ich weiß es nicht«, sagt Dominique.

Sie weiß es nicht! Ich bin während dieser Fahrt tausend Tode gestorben, und sie weiß es nicht!

Wir betrachten die Fenster, eines nach dem anderen. Es ist viel Schönheit darin, aber auch viel Martyrium und ebensoviel Hochmut. Da wird erlöst und gefoltert, geköpft und gekrönt. Nur die Farben des Glases sind von ursprünglicher Unschuld.

Nachdem wir die Kirche durchwandert haben, treten wir wieder ins Freie. Das Tageslicht schmerzt. Man möchte zurückkriechen ins Dunkel. Im Mittelalter wußte man, wie man mit Todesängsten und Todessehnsüchten umgehen mußte. Nun sind solche Künste nicht mehr nötig. Der Untergang steht im Terminkalender.

Dominique fragt mich, wie oft wohl in all den Kriegen die Fenster zerbrochen worden sind.

Jetzt, im Sonnenlicht, fragt sie nach der Zerbrechlichkeit der Fenster. Im Dunkel des Domes hat sie nicht daran gedacht.

»Man wird sie nun nicht mehr zerbrechen«, sage ich. »Doch der Staub der Erde wird sie blind machen, weil die Menschen, die Kirchenfenster machen und zerbrechen können, sie nicht mehr putzen werden.«

Ich betrachte wieder das gewaltige Mauerwerk und sage dann zu Dominique: »Man hat die Dome für die Ewigkeit gebaut. Glaubte man jedenfalls. Nun zeigt sich, daß man sie in Wirklichkeit *gegen* die Ewigkeit gebaut hat. Man wollte mit ihnen die Kürze des Lebens überlisten. Jetzt sind sie genau so wie wir nach unserem Tod. Weil nichts mehr gebaut und geboren wird, kommt das endlich zum Vorschein.«

Ich finde heute noch diese Überlegungen, die ich vor siebzig Jahren machte, richtig.

Von einem Verstorbenen sagte man früher, als es noch Mode war, fromm zu sein, »Er hat das Zeitliche gesegnet«. Man meinte wahrscheinlich nicht ihn. Denn wie kann ein Toter seine eigene Lebenszeit segnen. Man meinte Gott damit. Das war wie mit Gottes Häusern, die man gegen die Ewigkeit baute.

Als die Mode, fromm zu sein, langsam aus der Mode kam, verkamen die alten Sprüche, und man konnte ebenso gut sagen »Er ist abgekratzt«. Nun ist auch das Modische, sich auszudrücken, aus der Mode gekommen, weil alle Arten von Moden aus der Mode kamen. Man spricht weder vom Zeitlichen-Segnen noch vom Abkratzen. Mit Goldmann sprach ich ohne Umweg und Umschreibung vom Sterben, wenn die Rede darauf kam.

Wenn man von meiner einzigen Person absieht, hat die Menschenzeit nur noch stumme Zeugen, die vom Zeitlichen sprechen. Aber die steinernen Wasserspeier am Dom von Paris würden mir höchstens mit einem Regenguß aus ihrem Maul antworten, wenn ich mich auf den Weg zu ihnen machte. Und der schwertschwingende General, der unweit meiner kleinen Friedhofwohnung bei seinem Mausoleum auf einem Sockel steht, hat allenfalls ein »AVANT!« im Sinn, obgleich sein linker Arm verdächtig nach hinten weist.

Ich finde mich mit meiner Jugend im Einklang. Das macht mich glücklich, im Sonnenschein vor meinem kleinen Grabhaus, und beweist, daß ich mein Denken nicht durch wechselhafte Meinungen verändert habe.

Die kleinen Tempel, zwischen denen ich lebe, sind Kathedralen en miniature, Pyramidlein, als Bastiönchen gegen die Ewigkeit gedacht. Berühmten oder reichen

Toten legte man Spuren. Selbst den Liebenden Héloise und dem Priester Abelard, die hier in der Nachbarschaft wohnen. Sie liebten sich, als man die Kathedrale von Chartre baute, und man bettete sie in ein neugotisches Kathedrälchen auf dem PÈRE LACHAISE um, in das man ihre fragwürdigen Knochen legte.

Beides, der mächtige Dom und die Knochen der Liebenden, sind lange lesbare Spuren. Nur die Spurenleser fehlen. Ohne sie wird alles nichts.

Ich lese weiter in meinem Tagebuch:

Als ich wieder hinter Dominique auf dem Motorradsattel sitze, dachte ich, sie führe nach Paris zurück. Doch sie nimmt Kurs auf Rennes, den brüllenden Motor zwischen ihren in schwarzes Leder geschlossenen Schenkeln. Es geht an Rennes vorbei. Dominique dreht leicht nach Nordwest.

Ich kann sie nicht fragen, wohin es geht. Ich kann mich kaum noch festhalten. Da kommt die Wahnsinnsfahrt in Morlaix zu einem unbestimmten Ende.

»Warum hier?« frage ich.

»Warum hier nicht?« antwortet Dominique. »Ich bin müde und es wird bald dunkel sein. Also warum nicht hier?«

Zufällig bleibt die Roulettekugel in einem Fach liegen. Niemand weiß vorher in welchem. Unser Fach heißt Morlaix. Die Freiheit der Roulettekugeln steckt im Zufall.

Dominique macht eine Roulettekugel aus mir. Ich beklage mich. Sie fragt, weshalb.

»Die hält, wenn die Schwerkraft sie zwingt«, sage ich.

»Immer so fachidiotisch genau, Herr Geologe«, antwortet Dominique. »Und was haben wir von eurer Genauigkeit? Ihr habt doch nur diskutiert und Mittel erfunden und euch über Gegenmittel gestritten. Am Ende kamen die Viren. Die haben das letzte Wort. Meine Eltern wissen, weshalb sie immer reisen. Man muß es nur schnell genug tun, dann kann man seinem Körper ein Stück voraus sein. Morlaix oder woanders. Wir haben uns bewegt.«

Ich könnte wieder sagen, daß es Unsinn ist, aber ich lasse Dominique ihre Illusion von der überholbaren Zeit.

Wir gehen in ein Hotel. Ich bin neugierig, ob sie auch noch im geschlossenen Raum glauben wird, sie könnte sich selbst voraus sein, wenn sie ein Motorrad nur schnell genug antreibe.

Vielleicht hat sie die Illusion schon nach anderen Illusionen süchtig gemacht. Solche Vorstellungen werden schnell zu einer Sucht.

Im Zimmer lehnt sie sich gegen die Wand vor dem breiten Bett. Die Wand hat eine Blumentapete. Gelbe Blumen mit olivfarbenen Blättern.

Dominiques Körper, in schwarzem Leder mit silbernen Schnallen, ist gegen hartes Mauerwerk gepreßt und lehnt nicht an sanften gelben Blumen. Sie fühlt das Ende der papiernen Blumenillusion am kühlen Stein hinter der Tapete. Ihr gespanntes Gesicht zeigt, daß sie die Härte der Wand sehr deutlich spürt.

Sie öffnet den Gürtel, ein heller Streifen wird im schwarzen Leder sichtbar, sie beginnt, sich zu häuten wie eine Schlange, Augen ohne Wimpernschlag, offen wie eine Schlange.

Der breite Gürtel fällt zu Boden. Es macht in der Stille ein Geräusch. Ihr Oberkörper ist nackt. Wie ihre starrenden Augen sind die großen Aureolen ihrer Brüste auf mich gerichtet. Dominiques Hand berührt die Brust, nur einmal und leicht. Ihr Gesicht ist ernst und gespannt, als denke sie über etwas besonders siegreiches nach. Ich spüre, daß sie als erste sprechen will, und schweige. Die Sekunden dieser Stille zählen sich zusammen.

Dann sagt sie: »In vierzig Jahren werden diese Brüste schlaffe Säcke sein. Aber dann wird es keine andere Frau mehr auf der Erde geben, die anderes als schlaffe Säcke an ihrem Körper hat.«

»War das deine Idee? Die ganze Zeit? Ich glaubte, du dächtest etwas sieghafteres.«

Sie hebt etwas mutlos die Schultern. Die schönen Brüste folgen ihrer Bewegung, aber seit dem Ende ihres Schweigens und ihrer Unbeweglichkeit läßt die Faszination nach.

»Altern ist widerlich. Aber vielleicht ist es die letzte Gerechtigkeit, die wir nur dann verstehen, wenn wir erst einmal die Letzten sind.«

Sie ist nicht mehr so trotzig, sondern nachdenklicher. Sie lächelt nun, doch ihr Lächeln ist nicht echt. Seit sie so lächelt, scheint sie kleiner und trauriger geworden zu sein.

Trotzdem ist Dominique ein Rätsel, seit wir Paris verließen. Früher war sie nicht so rätselhaft.

Sie streift den Rest ihrer Kleidung ab und legt sich auf das Bett. Ich ziehe mich aus und lege mich neben sie. Wir lieben uns wie in ihrem schönen Haus in Paris, wo sie ihre Liebhaber erwartet.

Am nächsten Morgen sagt sie: »Ich habe geträumt, daß dein Samen nicht leer ist. Ich habe im Schlaf ein Kind zur Welt gebracht.«

Ich habe es gewußt: Ihre Illusion von der überholbaren Zeit würde den geschlossenen Raum nicht überstehen. Wieviel weniger also ihre Träume: Der Raum, in dem sie wehrlos ist.

Das habe ich alles nicht mehr gewußt. Aber es war typisch für diese hellrote Phase.

Dominiques Traum träumten damals viele Frauen.

Es war eine Zeit, wo noch Hoffnung der Hoffnungslosigkeit die Wage hielt. Erst in den fünfziger Jahren hatte die Hoffnung kein Gewicht mehr.

Da hatte sich die Menschheit bereits um die Hälfte verringert. Doch ich kann mich auch täuschen. Vielleicht trat die endgültige Hoffnungslosigkeit erst ein, als alle Frauen schon im Klimakterium waren. Da wäre es für ein Mittel sowieso zu spät gewesen.

Sich das Altern als Prinzip vorzustellen, wie es Dominique tat, als sie sich die kollektive Schlaffheit aller Frauenbrüste ausdachte, war jedenfalls zu der damaligen Zeit kein täglicher Gedanke.

Die Leute im mittleren Alter waren, was Hoffnung anging, am standhaftesten. Sie hatten noch Waffen und Gegenwaffen, Mittel und Gegenmittel gekannt und ausprobiert, hatten also auf Teufel komm heraus ans Überleben der Menschheit geglaubt. Sie waren deshalb auch am meisten auf dieses Überleben versessen.

Die Alten, die sowieso bald starben, hatten nicht einmal mehr Träume.

Was Dominique anging, so glaube ich, daß sie nie eine wirkliche Hoffnung hatte. Ihr bewußtloser Traum von einer Fruchtbarkeit war genau so eine Illusion wie die überholbare Zeit.

Ihre Eltern hätten zu denen gehören müssen, die an die Rettung der Menschheit glaubten, aber sie waren eine Ausnahme. Denn hätten sie Hoffnung gehabt, wie die anderen Leute in ihrem Alter, wären sie in ihrem schönen Haus geblieben und hätten gewartet.

Ich kann ohnehin nicht die Grenze klar erkennen, an der sich damals Illusion und Hoffnung schieden. Ich denke, sie waren völlig verschieden und nur scheinbar ähnlich: zwei Suppen unterschiedlicher Herkunft und Gewürz. Die Suppe Hoffnung war mit Glauben, die Suppe Illusion mit Träumen und Zwangsvorstellungen angemacht. Fehlte der Glaube, setzte man sich die Suppe Illusion vor. Und der immer noch quälende Lebenshunger, der in Wirklichkeit die Angst war, am Leben zu verhungern, wurde so oder so gestillt.

Ich hatte keinen Glauben und Dominique auch nicht. In Tricks aber war sie geschickter. Sie konnte zum Beispiel mit einem starken Motorrad umgehen. Auch Goldmann übte sich öfter in Tricks. Es war ein Vergnügen, ihm dabei zuzuschauen.

Seit er tot ist, habe ich kein Interesse mehr an Illusionen, von Hoffnungen nicht zu reden.

Jetzt muß ich es nur noch zu Ende bringen.

Ich lese weiter:

Dominique fährt immer noch nach Westen. Es kommt mir vor, als steuere sie einen bestimmten Punkt an, den sie nicht kennt, sondern der in sie wie in einen Computer eingegeben ist. Sie fährt wie ferngesteuert von einem Punkt zu einem anderen Punkt. Und es fällt mir auf, daß sie nie auf eine Straßenkarte sieht, obwohl wir längst die Hauptstraßen verlassen haben und auf sich verzweigenden, kleinen Straßen fahren, die oft wie Feldwege aussehen. Wenn sie sich in dieser Gegend nicht sehr gut auskennt, was ich nicht weiß, muß sie wirklich ferngesteuert sein.

Am Horizont entdecke ich einen Leuchtturm.

»Der Leuchtturm von Trézin«, sagt sie, als sei es ein Freund, den sie von weiten erkannt hat und den sie mir vorstellen will.

Wir fahren langsamer, durch Farngewächse, die die Wiesen überwuchern. Dann sind wir über den Klippen.

Es ist Ebbe. Große runde Steine liegen unter uns im feuchten Sand. Langer leerer Strand. Nur ein paar Möwen suchen den Tisch ab, den die Ebbe für sie gedeckt hat.

Ich weiß nicht, ob die weißen Häuser, die hinter uns im Farnkraut stehen, noch bewohnt sind. Vielleicht gibt es hier noch Menschen. Doch der Strand vor uns ist vorzeitlich und zukünftig, denn die Steine und die Möwen waren da und werden immer da sein.

Möglich, daß die Möwen die Schiffe der Menschen vermissen werden. Vielleicht haben sie in langer, kurzer Menschenzeit die Schiffe der Menschen in ihrem Erbgut gespeichert und werden vergeblich nach ihnen suchen, bis diese Nahrungsquelle durch die Vergeblichkeit der Suche in ihren Erinnerungen versiegt.

Ich frage mich, ob diese Klippen Dominique wie einen Partikel angezogen haben. Ob dies der Punkt ist, den sie gesucht hat.

Wir schauen beide aufs Meer, und neben mir höre ich sie sagen: »Hier ist die äußerste Stelle des Landes, die Nasenspitze Frankreichs. Hier sind vielleicht vor Millionen von Jahren meine Vorfahren an Land gegangen: In Form von Lurchen, von Echsen oder was weiß ich. Und ich stehe hier, an dieser Stelle, und ich schließe den Kreis. Ich werde hier wieder neu. Denn nicht die Menschen wurden erschaffen, sondern das Plasma. Daraus entstanden Pantoffeltierchen, Fische, Lurche, Echsen und Affen. Und Menschen. In der Schöpfungsgeschichte müßte es heißen: Gott schuf den Sauerstoff und das Plasma, und danach stellte er sich der Evolution nicht mehr in den Weg.«

Schön sieht sie aus, wie sie über den Klippen steht, glatt und schmal in ihrem Lederanzug. Einen Augenblick lang fürchte ich, sie schlösse wirklich den Kreis, würde springen und als Fisch im Meer verschwinden.

Einmal hebt sie die Arme, als wolle sie etwas heraufbeschwören, dann steigt sie auf das Motorrad, ich sitze hinter ihr auf, und sie fährt zurück nach Paris, ohne anzuhalten

Ich erinnere mich.

Ich sah Dominique an der Klippe stehen, hoch über dem Meer. Am Horizont eine kleine Insel aus gewachsenen Fels, ein Riff wie eine Burg. Ich sehe das Mädchen in schwarzem Leder, sehe das Meer und die Insel, die wie eine Burg mit Felsenzinnen ist.

Denke gleichzeitig, daß ich damals Inseln mit Burgen verglichen habe, anstatt Burgen mit Inseln. Denn Menschen haben ihre Bauwerke immer mit etwas verglichen, das mehr Recht auf Ewigkeit besaß. Wahrscheinlich war es ein Fehler, immer als Vater Gott tätig gewesen sein zu wollen. Besonders wir Geologen hätten es wissen müssen. Aber sogar mir war die Insel wie eine Menschenburg mit Zinnen vorgekommen.

Das Mädchen aber war wirklich gewesen. Dominique über dem Meer, die den Kreis schließen wollte, war unvergleichlich.

Meine Tagebücher ziehen Schubladen in meinem Gehirn auf. Meine Gedanken dringen in diese Schubladen ein und durchwühlen sie.

Ich habe einen Schatz in meiner Eisentruhe. Den letzten Schatz, der etwas wert ist, der *mir* etwas wert ist, *denn ich bin der Letzte, dem etwas wert sein kann*. Mein Tagebuch ist darum der letzte Schatz der Menschen.

Ich betrachte mein armseliges Gemüsebeet zwischen den Gräbern und denke, daß sich Superlative an mir auflösen. Sind meine Gemüsebeete auf dem Friedhof

PÈRE LACHAISE die armseligsten von Paris, so sind sie zugleich die reichsten und notwendigsten von Paris, weil sie mich ernähren.

Zu meiner Zeit mit Dominique gab es noch arme und reiche Leute. Man hat damals noch Häuser besessen, und Autos, Motorräder und schöne Körper und schöne Brüste. Auch besaß man ein Gemüsebeet, wenn man ein Gemüsebeet hatte. Man hat alles noch *besessen*.

Nun *besitze* ich kein Gemüsebeet, sondern ich *habe* ein Gemüsebeet, mitten zwischen den Mausoleen, die einst als Familienbesitz gebaut wurden und die auch die Toten nun nicht mehr besitzen; nicht einmal die Toten besitzen sie mehr, weil niemand mehr die Toten besucht.

Nur ich habe noch Erinnerungen in meinem Gehirn: In meinem Gehirn und in meiner Eisenkiste. Und wenn mein Gehirn zu alt wird, um die Erinnerungen zu behalten, dann behält meine Kiste, was sie hat.

3

Daß Hunde auf den Friedhof kommen, um dort Kaninchen zu jagen, erzählte ich schon. Goldmann hatte immer Angst vor ihnen. Er schloß sich in sein Grabmal ein, bis ich ihm sagte, daß die Hunde wieder fort seien.

»Eines Tages werden sie dich auffressen.«

»Ein Heldendarsteller der Comédie fürchtet sich vor Hunden?«

»Die Schwerter auf der Bühne waren stumpf, aber die Zähne der Hunde sind spitz.«

Nun ist Goldmann tot, und die Hunde haben ihn nicht aufgefressen.

Ich glaube, daß mich die Hunde mögen. Sie sind jetzt zwar die Herren von Paris, aber vielleicht vermissen sie die Menschen. Sie fühlen sich noch nicht ganz frei. Sie schauen sich bisweilen um, ob niemand pfeift, und sie trauen ihrer neuen Freiheit noch nicht.

Trauen sich nicht oder trauern sogar. Trauern um eine lange Partnerschaft, die es nicht mehr gibt, weil die Partner verstorben sind. Auch Partnerschaft zwischen

Herren und Knechten war eine Partnerschaft. Jedenfalls trauerten Knechte häufiger über ihre toten Herren, als Herren über ihre toten Knechte getrauert hatten.

Nun sind die Hunde die Herren von Paris und müssen sich mächtig anstrengen, den Platz ihrer Herrschaft einzunehmen.

Bisweilen pfeife ich, wenn die Meute vorüberkommt. Manche Hunde bleiben sogar stehen. Einen Freund habe ich unter ihnen, der zu mir kommt, wenn ich pfeife.

Dann kraule ich sein Fell. Er brauchte es sich nicht gefallen zu lassen, doch er tut es freiwillig und mit großer Würde. Er ist der neue Herr, der sich von seinem abgedankten König das Fell streicheln läßt.

Ich mag die Hunde. Sie werden noch lange in Paris sein. Einmal hat mir mein Hundefreund sogar ein Kaninchen gebracht. Er hat mich mit seinen guten braunen Augen angesehen, mir das tote Kaninchen zu Füßen gelegt und ist mit seiner Meute weitergetrabt.

Damals haben Goldmann und ich nach langer Zeit wieder Fleisch gegessen. Wo sollte sonst das Fleisch herkommen, wenn es nicht die Hunde gebracht hätten. Längst waren wir Vegetarier geworden, wie die ersten Lurche, die aus dem Meer kamen. Wir hatten Bauchschmerzen und Durchfall von dem Kaninchenfleisch bekommen.

»Das ist für die Newere mit dem unkoscheren Zeug. Und überhaupt dieses Fleisch!« hat Goldmann gesagt.

Doch ich weiß, daß es nicht am Kaninchenfleisch lag. Unsere alten Mägen vertrugen es nicht, weil wir längst in der kalten blauen Phase unseres Lebens waren, aus der wir bald ins unsichtbare Licht des Universums hinüberwechseln würden.

Oft vermischen sich die Erinnerungen. Das Hellrote aus der frühen Phase mit Dominique, und das Kaltblaue der letzten Phase, zu der die Kaninchenmahlzeit gehört, die uns der Hund beschert hatte: Alles sind Erinnerungen an Erlebnisse, die wie in Spektralfarben zerlegt sind, und die sich beim Denken und Lesen vermischen und zu grauem Alltagslicht werden. Man sagt, Erinnerungen würden lebendig. Waren sie denn vorher tot? Oder hält man sie für Parasiteneier im Gehirn, die schlüpfen wie die afrikanischen Sandfliegen, die ihre Eier in Wirtskörper stechen, damit die Madenkinder durch die Wirtshaut hindurch ans Licht schwären?

Meine Erinnerungen sind lebendig. Nur ich selbst habe sie für eine Zeitlang stumm gemacht. Meine Vergeßlichkeit hat sie stumm gemacht. Doch immer, wenn ich sie berühre, klingen sie. Sie klingen wie Gitarrensaiten, die man berührt.

Alte Männer werden stümperhafte Spieler auf den Instrumenten ihrer Erinnerung. Hier und dort ein schöner Griff, doch es gibt keine fortlaufende Harmonie. Die Erinnerungen reihen sich nicht mehr aneinander wie notierte Töne in einer Partitur.

Denn während noch die Erinnerung an Dominique

in mir klang, kamen mir die Hunde mit ihrem Gebell dazwischen, und plötzlich war die Sache mit dem Kaninchen da, die sich erst im Herbst des vergangenen Jahres abspielte.

Übrigens war es das letzte Mal, daß Goldmann und ich gemeinsam Fleisch aßen. Und fast hätte es ihm die jüdische Tradition verboten.

»Nur, was gespaltene Hufe hat und wiederkäut«, hat er gesagt.

»Sollte der Hund dir eine Kuh apportieren?« antwortete ich.

»Nun ja, auch Isaak wollte Wildbret essen. Weiß der Teufel, was ihm Esau angeschleppt hätte, wenn der nicht zu spät gekommen wäre. Wird also auch der letzte Jude Wildbret essen dürfen«.

Allerdings hatte das Gesetz Goldmann wieder eingeholt, als er Durchfall bekam.

»Also doch keinen Dispens für den letzten Juden«, sagte er, als er zwischen den Grabmalen hockte, ein Stück abseits, damit's nicht herüberroch.

Wenn zwei Erinnerungsklänge gleichzeitig angeschlagen werden, gibt es keine Harmonie: Ich sehe Dominique, hoch über den Klippen, in schwarzem Leder und mit langem schwarzen Haar gegen blauen Himmel, sehe auch ihren nackten schönen Körper gegen die gelbblumige Tapete gepreßt, und gleichzeitig sehe ich Goldmann bauchschmerzgekrümmt zwischen

Gräbern hocken, gequält von seiner Vergangenheits-angst.

Eine Harmonie gibt das nicht.

Aber mit dem Geklimper meiner Erinnerungen lebe ich, habe auch Goldmann damit stümperhaft verklim-pert, als er noch lebte, und er hat zurückgeklimpert, erhabener und weniger stümperhaft als ich, denn er war ein großer Schauspieler, als es noch Publikum gab.

Was er berichtete, und es waren immer die gleichen Geschichten, war großartig durch ihn, und ich habe es aufgeschrieben. Aufgeschrieben nur für mich und sonst für nichts. Definitiv für nichts.

Ich habe mich oft gefragt, weshalb ich keine dauernde Partnerschaft eingegangen bin.

Es wurde zwar nicht mehr geheiratet. Denn weil es keine Kinder mehr gab, die man an Stammbäume hef-ten konnte und die später erben sollten, waren Gründe für eine Hochzeit abhanden gekommen.

Doch es gab verschiedene Formen des Zusammenle-bens, sowohl paarweise als auch in größeren Lebensge-meinschaften.

Ich habe mehrfach den Versuch gemacht, eine dauer-hafte Verbindung mit Frauen einzugehen. Ich hätte sogar einen Teil meiner Gewohnheiten dafür aufgege-ben, doch aus allem war nichts geworden.

Einige Beziehungen hatten sogar vielversprechend begonnen.

Meine Beziehung zu Dominique war erregend. Wie

sehr, wußte ich erst später, als diese Erregungen vorüber waren, und ich fast bis in die blaue Phase hinein versucht habe, sie neu zu wecken. Wahrscheinlich war sogar diese Suche nach der verlorenen Erregung schuld daran, daß weitere Versuche mißglückten.

Goldmann sagte, Erregung sei eine Ware, die man nicht aufheben könnte. Sie würde mit der Zeit schlecht. Der Inhalt der meisten Theaterstücke bestünde darin, daß sich alle Bühnenfiguren am Schimmelpilz ihrer absterbenden Erregung vergiften. Die Zuschauer hielten das für die Tragik des Stückes.

Ich glaube, daß etwas daran war. Zwischen Dominique und mir war die Erregung zu groß gewesen: Wir hätten uns leicht daran vergiften können, wenn sie plötzlich zwischen uns abgestorben wäre.

Den höchsten Punkt meiner Erregung hatte ich erreicht, als mir Dominique die Frau in der Frau zeigte, ihr Geheimnis, mit dem sie leben mußte.

Doch warum, zum Beispiel, war Dominique die Geliebte sovieler Geliebter gewesen, war nicht nur meine Geliebte geblieben, wo sie mir doch ihr Geheimnis gezeigt hatte, auf einer wahnsinnigen Fahrt zu den Anfängen, zur Rückkehr und zum Nichts. Vielleicht wäre dann etwas dauerhafteres daraus geworden, was aber zu bezweifeln ist.

Doch es hat gute Stunden mit uns gegeben, Stunden, für die sich gelohnt hat, auf die Welt gekommen zu sein. Wahrscheinlich waren allein die Räume zwischen diesen Stunden schon zu groß. Räume, zwischen denen jeder für sich vergaß, warum es gut war, auf die Welt gekommen zu sein. In einem solchem Zwischenraum, irgendwann, müssen wir uns verloren haben, Dominique und ich.

Wie es aber genau mit Dominique und mir gewesen war, als wir uns verloren gingen, weiß ich nicht mehr genau. Es ist fast siebzig Jahre her, und damals lebten noch so viele Menschen in Paris.

Noch soviel Menschen.

Kurz bevor ich die letzten Prüfungen machte, verunglückten Dominiques Eltern.

Damals schon sahen wir uns nicht mehr so häufig wie früher, doch von Zeit zu Zeit besuchte ich sie in ihrem schönen Haus. Es war zwischen uns wie nach einem Gespräch, bei dem alles gesagt wurde, so daß für die Zukunft nichts mehr zu sagen übrig blieb.

Es hätte nicht alles so dicht gewesen sein dürfen, was wir uns sagten und was wir einmal zusammmen erlebten.

Als wir von unserer Reise nach Paris zurückkehrten, hatten wir keine Ahnung, wo sich ihre Eltern aufhielten. Aber genau zu dieser Zeit mußten sie gestorben sein.

Daher notierte ich:

Als ich Dominique heute besuche, erzählt sie mir, daß ihre Eltern verunglückt seien. Sie seien mit einer Fähre vor der Küste Indonesiens in einem Taifun versunken. Das französische Konsulat in Kuala Lumpur hätte ihr telegrafiert.

Dominique trägt ein signalrotes Kleid.

»Malaysias Küste«, sage ich automatisch. »Kuala Lumpur ist die Hauptstadt Malaysias.«

»Was macht's einen Unterschied«, sagt sie und zuckt mit den Schultern.

Warum trägt sie ein signalrotes Kleid, denke ich. Was will sie signalisieren? Wem will sie signalisieren?

Ich hätte wohl kondolieren müssen. Statt dessen mache ich geografische Verbesserungen.

Wie kann man einem signalroten Kleid kondolieren?

Sie sagt: »Meine Eltern sind am Ende ihrer Reise. Das haben sie von Anfang an gesucht.«

»Ich dachte, sie wollten die Welt sehen.«

»Das habe ich anfangs auch gedacht«, antwortete Dominique. »Doch immer öfter suchten sie die Gegenden der Erde, die häufig von Katastrophen betroffen werden: von Erdbeben, Taifunen, Vulkanausbrüchen. Seither wußte ich, daß sie einer Katastrophe in der Katastrophe begegnen wollten.«

»Bist du traurig?«

»Ich weiß nicht. Mein Vater hat mich gezeugt und meine Mutter hat mich geboren. In einer Zeit, als man noch zeugen und gebären konnte. Doch ich kannte sie zu wenig, um jetzt traurig zu sein.«

In mir steckt ein konservativer Rest: Mich stört das Kleid. Aber es geht mich nichts an, und ich habe kein Recht, Dominique Mangel an einwandfreier Trauer vorzuwerfen.

»Ich stelle mir vor, daß du dir nun vorstellst, du wärst als Lurch aus dem Meer gekommen. Und deine Eltern hätte es nicht gegeben.«

Welch dummes Geschwätz, denke ich, nach den großartigen Augenblicken auf der Klippe. Alles wird durch Gerede so seicht. Und dabei sind ihre Eltern gestorben.

Andere Freunde Dominiques kommen.

Ich weiß nicht, ob sie wissen, daß ihre Eltern tot sind. Niemand spricht davon. Das rote Kleid beherrscht das Zimmer wie ein roter Vorhang.

Aber wie ein Vorhang, der kein Geheimnis schützt, sondern nur etwas verbirgt, das ohnedies alle kennen. Ein schon oft geöffneter Vorhang.

Ich finde das Kleid immer geschmackloser.

Dann fragt einer: »Was wirst du mit dem Haus machen?«

Also wußten sie es schon.

»Ich werde darin wohnen«.

Du wirst darin warten, denke ich.

Ich verabschiede mich.

Im Hinausgehen höre ich Dominique lachen.

Ich war niemals zornig auf Dominique. Ich gebe zu, daß mich ihre vielen Liebhaber störten. Nicht aus Eifersucht, mit der sich sowieso niemand mehr plagte. Doch waren mir ihre vielen Liebhaber lästig, weil sie den Rest meiner Beziehung zu Dominique nicht zur Ruhe kommen ließen und weil sich dadurch der von ihnen durchschüttelte Rest niemals klären konnte.

10. September 2027

Ich habe mein letztes Examen bestanden. Nun bin ich diplomiert und kenne die Schichten der Erde, ihre Reserven, ihre Narben.

Vor allem kenne ich die Narben, die Menschen der Erde gemacht haben.

Sie ist ein seltsamer Planet, der Leben erzeugen und Leben erhalten kann. Trotzdem braucht die Erde das Leben nicht. Das Leben braucht sie. Die Tiere wissen es und vielleicht die Pflanzen auch. Nur Menschen haben gedacht, daß die Erde sie brauche. Das geht mir so durch den Kopf, während ich mein Diplom empfange.

Dann halte ich es in den Händen und denke: Wozu?

Wäre es von einer anderen Fakultät gewesen, hätte

ich das gleiche gedacht. Sprachwissenschaftler: Wozu? Bald werden keine Sprachen mehr gesprochen. Historiker: Wozu? Denn weder nationaler Ruhm noch kollektive Schande haben eine Zukunft. Ein Schornsteinfeger: Wozu? Wo bald keine Feuer mehr brennen werden. Für die Schornsteinfeger rauchen die Kamine sogar noch eine Weile länger. Geologen werden keine neuen Ölfelder mehr suchen. Ich habe Zeit, die Erde zu betrachten. Doch wer wird mich dafür bezahlen?

Seltsamerweise mache ich mir darüber keine Sorge. Die Menschen, die soviel bewältigt haben, werden auch ihr Aussterben bewältigen. Vielleicht wird man Wissenschaftler jetzt besonders schätzen. Denn es wäre doch infam von den Leuten, ungebildet auszusterben.

Als ich mein Diplom erhielt, dachte ich: Jetzt ist es soweit. Wahrscheinlich haben dasselbe auch Dominiques Eltern gedacht, als sie vor der malaiischen Küste versanken. Dominique glaubte ja, daß sie nur deshalb auf ihre weiten und langen Reisen gegangen waren, bis sie erreicht hatten, daß es soweit mit ihnen war.

Das alles kommt mir in den Sinn. Aber daran will ich jetzt nicht denken. Ich will mich nur erinnern, wie ich damals das Diplom in der Hand hielt. Das war Aufbruch und Schiffsuntergang in einem, und hinter mir

schlossen die Hochschulen. Ein paar Nachzügler wür-
den bald höflich vor die Tür gesetzt werden, wie letzte
Gäste, die nicht gehen wollen, wenn es spät und das
Restaurant schon lange leer ist.

Jetzt ist es soweit! Es war, bei Licht besehen, eher
Schiffsuntergang. Und trotzdem, wenn sich soviel Hoff-
nungslose zu so vielen zusammentun, ist es fast so
etwas wie eine Art von öffentlichem Mut. Es war jedenfalls ein Schiffsuntergang ohne Panik.

4

Ich nehme ein anderes Heft in die Hand und lese:

14. Mai 2032

Die Olympischen Spiele werden in Paris vom Staatspräsidenten im Hippodrom von Longchamps eröffnet.

Die vorhandenen Sportstadien waren zu klein, und Neubauten wären absurd gewesen.

Deshalb hatte man sich für die Pferderennbahn entschieden. Nicht nur wegen ihrer Größe und der landschaftlichen Schönheit dieser Anlage, sondern auch, um der Welt zu zeigen, daß nach den perfekten Großbauten aller dieser babylonischen Ersatztürme vergangener Großereignisse wieder improvisiert werden durfte. Es hatte ohnehin lange Diskussionen gegeben, ob Olympische Spiele überhaupt noch stattfinden könnten. Denn die Jugend der Welt, die gerufen werden sollte, war mindestens achtundzwanzig Jahre alt.

Man hatte gefunden, daß achtundzwanzig Jahre unter den jetzigen Umständen Jugend sei, aber zugleich beschlossen, daß es die letzten Olympischen Spiele wären.

Es ist ein schöner Maitag, liebenswürdig wie alle Frühlinge in Paris, wenn sie nicht verregnen.

Vor Jahren hatte ich in Dominiques Haus eine Athletin aus Kenia kennengelernt. Sie wohnte als Gast in ihrem schönen Haus.

Sie wirkte meist ziemlich fatalistisch neben den hellhäutigen Freundinnen Dominiques, die immer über etwas aufgeregt zu sein schienen.

Wenn sie sich bewegte, sah man, wie ihre Muskeln unter der schwarzen Haut spielten. Ich spürte förmlich die Kraft, die in ihrem Körper steckte. Ich war von dieser geschmeidigen Gelassenheit hingerissen. Das Mädchen faszinierte mich.

Ich erkenne sie sofort, als sie mit der Fahne Kenias das Stadion betritt. Ich bin nur deshalb hingegangen, weil ich hoffte, sie wiederzusehen.

Der Staatspräsident spricht, und seine Worte sind sentimental, banal und feierlich. Er vergleicht diese Jugend mit der sinkenden Sonne der Menschheit. Aber die untergehende Sonne versage nicht ihre Schönheit, sondern sei genau so schön wie die aufgehende Sonne. Und diese Spiele sollten nochmals alles vereinigen, was schön und leuchtend wäre. Allein der BOIS DE BOU-

LOGNE, der Wald der Könige von Frankreich! Er gäbe diesmal den Hintergrund und keine kurzlebigen Träume aus Stahl und Beton, die man früher für Olympische Spiele gebaut hätte.

Ich schaue das Mädchen mit der kenianischen Fahne an.

Heute denke ich, daß es diese Olympischen Spiele in Wahrheit nie gegeben hat. Die Rede war der äußerste Anschein dieses Mangels an Erscheinungen.

Doch das Mädchen aus Kenia gab es. Sie war eine Speerwerferin. Und ich wollte sie den Speer werfen sehen.

Für mein letztes Geld kaufte ich mir eine Tribünenkarte für den Speerwurfwettbewerb der Frauen am folgenden Tag.

Ich lese weiter:

Die Vorentscheidung für den Speerwurf für Frauen beginnt.

Auf der Anzeigetafel stehen die Namen. Dominique hatte mir damals nur ihren Vornamen genannt. Den hatte ich behalten: Lalage. Nun steht LALAGE mit ihrem afrikanischen Familiennamen auf der Anzeigetafel des Hippodrom, wo sonst die Namen der Pferde standen.

Damals habe ich mich über den Namen Lalage gewundert. Mir fiel nicht Afrika, sondern Horaz ein: *»Dulce ridentem Lalagem amabo, dulce loquentem«*. Nachdem ich Lalage kennengelernt hatte, habe ich diese Verse hunderte Male aufgesagt.

Jetzt lächelt sie und sieht von der Höhe meines billigen Platzes sehr klein aus.

Nach einigen schwachen Versuchen anderer Sportlerinnen tritt sie an: Lalage, die fatalistische Gelöstheit und gespannte Feder in einem. Der Speer fliegt weit, es müssen über fünfundsiebzig Meter sein. Noch dreimal wirft sie an diesem Tag, und jedesmal meine ich die Vibrationen zu spüren, die von ihrem Körper ausgehen.

Ich habe ein gutes Fernglas mitgebracht. Ihr Gesicht ist nah. Es hat etwas sehr kriegerisches, wenn ihr Arm zum Wurf nach hinten schwenkt. Sie ist eine Amazone, eine schöne afrikanische Kriegerin.

Als ich heimgehe, fühle ich mich verlassen. Jetzt, auf dem Heimweg, schmerzt die Distanz, die Lalage ohne Fernglas so klein und entfernt gemacht hat.

Ob sie noch immer Dominiques Freundin ist?

Ich habe mir Geld geliehen, um eine zweite Eintritts-
karte für Lalages Finale zu kaufen.

Lalage muß gewinnen. Ich will, daß sie gewinnt. Ich
weiß, daß sie gewinnen wird.

Die Zeit auf der Tribüne wird mir mit Weitsprüngen
und Hürdenläufen lang gemacht.

Dann beginnen endlich die Entscheidungen im
Speerwerfen. Andere Mädchen schleudern ihre Speere
sehr weit, aber Lalage bleibt hinter ihrer gestrigen Leistung zurück.

Ich will, daß sie siegt. Will es so sehr, daß es *mein Sieg
ist*. Ich will nicht nach Hause gehen, ohne gesiegt zu
haben.

Schließlich ihr letzter Versuch. Ich sehe im Fernglas,
wie sie sich spannt, sehe ihr Gesicht und ihren dunklen
muskulösen Arm. Sehe, daß es das Gesicht einer Ge-
winnerin ist, und ich weiß nun, daß sie siegt. Der Speer
fliegt hoch, Minuten scheinen zu vergehen, ehe er auf
die Erde trifft.

Es ist der Sieg!

In ihr Glück und in meines teilen sich unsere Augen
in meinem Fernglas. Sie weiß nicht, daß wir uns diesen
Sieg teilen.

Am Mittag schicke ich ihr Blumen ins Olympische
Dorf, das wie ein Quartier für Saisonarbeiter aussieht.
Schön gelegen am Rande des BOIS DE BOULOGNE, aber
improvisiert, wie der Staatspräsident sagt.

Sie ruft mich an. Sie hat sich erinnert. Wir verabreden uns zum Essen. Die Olympischen Spiele beginnen für mich wirklicher zu werden, als es der Staatspräsident in seiner Rede je gedacht hat. Lalage kommt in das kleine arabische Restaurant im 9. Bezirk, in dem ich häufig esse. Es ist nicht das Mädchen, das ich von Dominiques Parties kannte. Jetzt stehe ich dem Gesicht aus meinem Fernglas gegenüber, das ich im Stadion siegen, verlieren und dann doch siegen sah. Dieses neue Gesicht wird nie wieder das Gesicht von Dominiques Parties sein.

Groß ist Lalage. Ich hatte sie nicht so groß in Erinnerung. Sie trägt ein ärmelloses weißes Kleid, Arme und Beine sind nackt. Die Haut ist ein harter schwarzer Kontrast zu dem weißen Kleid.

Sie bemerkt, daß ich sie anstarre.

»Ich habe mich gefreut über deine Blumen. Ich kenne sonst niemand mehr in Paris.«

Sie gibt mir ihre dunkle Hand und ich spüre, wie sich diese Hand in meiner Hand anfühlt. Ich bin verwirrt und vergesse, Lalage zur Goldmedaille zu gratulieren.

»Und Dominique?« frage ich.

»Sie hat nie mehr von sich hören lassen. Ich hatte gehofft, daß sie mich anruft. Übrigens, ihre Eltern sind tot«, sagt sie, wie eine notwendige Erklärung, und steht immer noch riesengroß im kleinen Restaurant an der NOTRE-DAME-DE-LORETTE.

Niemand ißt mehr und alle schauen auf uns.

»Meine Eltern waren mit ihren Eltern sehr befreundet. Dominique ist sehr egoistisch, finde ich«, fügt sie hinzu und steht immer noch.

Dann sitzt sie am Tisch, und das Klappern von Bestecken geht allmählich weiter.

»Ist es nicht normal, unter den gegebenen Umständen egoistisch zu sein?« frage ich. »Bleibt noch etwas anderes übrig, als egoistisch zu sein? Der Egoismus kommt immer mehr zum Vorschein, weil es sich nicht mehr lohnt, ihn hinter dem Guten, Schönen und Scheinheiligen zu verstecken. Das hat, wenn man es überlegt, sogar etwas Erfrischendes.«

Sie übergeht es.

»Siehst du Dominique noch oft?« fragt sie trotzdem.

»Sie ist sehr mit anderen Freunden beschäftigt.«

»So ist sie eben«, sagt Lalage und lacht. Das Lachen ist schön, weil es nichts versteckt.

Ich sage es ihr.

»Was sollte ich hinter meinem Lachen verstecken?«

»Zum Beispiel die Angst, zu den letzten Menschen zu gehören. Die Entbehrung, keine Kinder zu haben. Dominique wollte Kinder haben. Sie träumte davon. An dem Tag, als ihre Eltern starben, lachte sie. Dominique versteckte vieles hinter ihrem Lachen, aber man merkte es immer.«

Dann erinnere ich sie, daß sie schon damals anders gewesen wäre. Ich sage ihr, ich hätte ihre Gelöstheit und ihren Mangel an Aufregung bewundert, doch für Fatalismus gehalten.

»Für Fatalismus? Nun gut, ein afrikanischer Fatalismus vielleicht. Bei uns ist vieles fatal. Und die Viren, die die Weißen erfunden haben, kamen auch zu uns und haben die Männer krank gemacht. Wir haben nicht einmal etwas zu unserem Aussterben beigetragen und sterben trotzdem aus. Das ist sehr afrikanisch fatal. Frauen fruchtloser Männer fühlen sich in Afrika überflüssig. Da habe ich meinen Körper trainiert. Ich kann gewinnen. Und ich will gewinnen, bis es nicht mehr geht. Das ist mein Egoismus. Er ist hart. Dominiques Egoismus war weich. Er hatte kein Ziel.«

Das stimmte.

Ich erzähle Lalage, während unser Essen gebracht wird, daß Dominique gesagt hätte, sie hätte ebensogut Nonne wie Prostituierte werden können.

»Nonne kann sie nun nicht mehr werden«, sagt Lalage und lacht wieder.

»Ich wußte damals auch nicht, was ich anfangen sollte.«

»Und was machtest du? Was wurde aus dir?« fragt sie, immer noch belustigt.

»Geologe. Doch diese Erde braucht keine Geologen mehr.« Und wie ich es sage, finde ich es gar nicht lustig.

»Ihr Weißen seid allesamt eine mutlose Rasse. Als ich siegen wollte, war es nicht so schwer, wie es ausgesehen hat, über diese mutlosen weißen Athletinnen zu siegen. Ich werfe meine Speere, solange ich Kraft habe, und bin glücklich, wenn ich meine Speere fliegen sehe. Das ist alles, das ist einfach. Wir Afrikaner haben eine schlichte Philosophie, nicht wahr.«

Wieder das schöne Lachen, ohne Verstellung, ohne Verstecken.

»Komm mit nach Afrika. Vielleicht wirst du dich da finden«, sagt sie. »Von den Händen deiner Dominique geführt, findest du nie zu dir.«

Ein überraschender, ein faszinierender Gedanke, den sie mir da über den kleinen Restauranttisch zusteckt: Mit Lalage nach Afrika zu gehen und zuzusehen, wie sie den Speer in ihren Himmel wirft.

Doch ich sage: »Ich stecke leider in den Straßen von Paris fest. Ich habe hier mit mir begonnen und muß hier zu Ende kommen. Ich denke, das ist so etwas wie mein Weg.«

Sie zuckt mit den Schultern. »Wie du meinst. Aber es ist ein kurzer Weg.«

Das sind harte Worte.

Dann lacht sie wieder. Und wahrscheinlich hat sie recht, daß meine Wege schnell am Ende sind, auch wenn ich uralt werden würde. Aber nicht jeder ist begabt, zu siegen. Und es gibt nirgends eine Garantie auf Sieg. Außer: Man muß wie Lalage sein.

Ich möchte gern mit ihr nach Afrika gehen. Und ich weiß, daß es ein Traum in einem kleinen Restaurant an der RUE NOTRE-DAME-DE-LORETTE ist.

Aber daß ich sie vor mir sehe, an unserem kleinen Tisch und ganz nah, ist kein Traum, sondern wieder ein solcher Augenblick, für den es sich lohnt, auf die Welt gekommen zu sein. Ich bin den Viren dankbar, daß sie nicht, wie ihre Brüder aus den Pestzeiten, die Menschen auf der Stelle umgebracht haben, sondern den letzten eine Galgenfrist gaben, nicht einmal geringer bemessen als die eines jeden Lebens bis zu seinem ganz persönlichen Tod.

Man kann in dieser Zeit Geologe sein oder Speerwerferin. Man kann auch in dieser Zeit in einem schönen Haus auf eine Erlösung warten, die aus der Lust kommt. Entwürfe sind immer noch möglich. Lalage zeigt mir ihren Entwurf, damit ich meinen besser begreife.

Ich liebe sie und weiß, daß meine Liebe vergeblich ist. Trotzdem ist es ein wunderschöner Abend in Paris.

Ich begleite sie bis zum Olympischen Dorf.

Wir spazieren. Ich führe Lalage an der Hand. Ich lasse mich von ihr an der Hand führen und spüre, wie sich ihre große Handfläche über meine Haut der Erinnerung einprägt. Meine Hand wird sensibilisiert wie ein fotografischer Film, der wie in einer Langzeitbelichtung jeden Nerv und jede Sehne dieser Frauenhand aufnimmt.

Dann sagt sie: »Die Rede eures Präsidenten war schrecklich sentimental. Aber die Weißen sind immer bei solchen Gelegenheiten sentimental. Sie haben Völker ausgerottet, die halbe Erde zerschossen und dabei immer von Schönheit geredet und geweint.«

Ich nicke und schweige weiter.

Wir haben die letzten Häuser erreicht, hinter denen die Waldwege beginnen, und nähern uns langsam dem Olympischen Dorf, das aus der Nähe immer noch wie ein Saisonarbeiterlager aussieht. Bald werden wir an der Absperrung ankommen.

Aber ich hoffe auf den nächsten Tag.

An der Absperrung bleibt Lalage stehen. Statt einer Umarmung, auf die ich gehofft habe, beugt sie ihren Arm und spannt ihre Muskeln an. Ich spüre die Kraft unter der glatten Haut.

»Das ist mein Besitz. Mein Stolz. Meine Seele«, sagt sie.

Sie lacht dabei ihr großartiges Lachen. »Jetzt muß ich gehen. Morgen früh fliege ich nach Haus.«

In mir vollzieht sich ein Zusammenbruch. Sie sieht es, streichelt mein Gesicht.

»Danke für den schönen Abend.«

Soviel Sehnsucht ist in mir, und sie sagt gehen und sagt danke und sagt nach Haus. Ein Interruptus meines Gefühls. Habe ich mehr erwartet? Als sie fortgeht, will ich schreien, ihr nachlaufen. Nachlaufen bis Afrika. Doch ich bleibe, gehe zur Station und fahre mit der Metro zum PLACE ST. GEORGES im 9. Bezirk. Es war ein schöner Tag gewesen.

Es ist einer der längsten Eintragungen in meinem Tagebuch. Es muß ein schöner Tag gewesen sein, dieser Maitag der letzten Olympischen Spiele.

Es hat zwar noch Sportkämpfe bis in die Mitte der vierziger Jahre gegeben. Trotzdem habe ich Lalage nicht mehr wiedergesehen.

In den fünfziger Jahren sind die Sportstadien verödet. Die Tribünen verrotteten und sind zum Teil schon eingestürzt.

Jetzt hoppeln die Kaninchen im Hippodrom zu Tausenden.

5

Ich hatte recht, als ich schrieb, die Menschen würden nicht ungebildet aussterben wollen. Gegen Ende des vorigen Jahrhunderts hatte es eine Zeit lang so ausgesehen, als ob die Kultur unterginge, jedenfalls was die Schönen Künste betraf. Billige Popmusik quoll aus allen Kanälen, Verlage und Theater produzierten, was ihnen Trendmacher vorgaben, und die meisten Menschen waren so anspruchslos geworden, daß sie es nicht einmal bemerkten und deshalb auch nichts vermißten.

Es gab vor der endgültigen Katastrophe viele soziale und politische Probleme, die zu Kriegen und Bürgerkriegen führten, und es gab keine Politiker, die darauf antworten konnten. Durch diese orientierungslose Welt führte eine Art von Modefetischismus, und so war es kein Wunder, daß mit diesem Trend fast unbemerkt der Geist aus der Mode kam.

Aber als es dann nur noch das eine Problem gab, das alle anderen Probleme in sich aufnahm und damit sozusagen löste, da erinnerten sich die Leute wieder, was sie an ihrer Kultur hatten, solange es sie noch gab.

Als die Hochschulen schlossen, wuchsen alle Arten von Bildungsanstalten wie Pilze aus der Erde. Ein Wissensdurst sondergleichen war ausgebrochen, denn fast jeder wollte im letzten Augenblick die Bildung nachholen, die bei Eltern und Großeltern aus der Mode gekommen war. Es sah aus wie eine Wiedergutmachung im letzten Augenblick, späte Reue als Torschlußpanik, die mir aber Arbeit für Jahre gab.

Ich leitete einen Kursus zum Kennenlernen der Erde. Ich fragte mich, ob ich mehr von ihr kannte als den Straßenbelag des 9. Bezirks von Paris? Denn ich habe die Erde nur aus Diagrammen, Fotos und Beschreibungen kennengelernt. Doch selbst im 9. Bezirk konnte ich sehen, was ihr angetan worden war, und ich habe von diesem bescheidenen Beobachtungsposten aus ihr zerkratztes Gesicht geliebt.

Ich unterrichtete keine Geologen, sondern Laien, die der Erde nichts mehr antun konnten. Die Leute, die zu meinen Kursen kamen und auch nur die Bürgersteige der Pariser Straßen kannten, liebten die Erde.

Oft war ihr Wissensdrang nichts anderes als Scham vor der mißhandelten Erde. Sie verhielten sich wie die Täter, die zum Tatort kommen. Die Täter kennen die Tat besser als die Kommissare und ihre Sachverständigen, doch in diesem Fall mußte ich als Sachverständiger den Kindern der Täter Tat und Tatort erklären. Und manche schämten sich ihrer Vorfahren.

Ich erinnere mich noch genau an ein Gespräch mit einem Hörer.

Als ich von Afrikas Erosionsschüben sprach, von der Vernichtung der Pflanzen und der Tierwelt durch Brand und Raubrodungen, da meinte ein älterer Mann, ob die Viren nicht so etwas wie eine Hilfsmaßnahme Gottes zur Rettung seiner Schöpfung waren. Und er schloß daraus, daß die Wissenschaftler, die die Viren manipulierten, gar nicht frei, sondern unter Gottes Zwang gehandelt hätten, während zur gleichen Zeit der selbe Zwang die Einbrecher veranlaßte, diese Virenkultur unter vielen anderen Virenkulturen zu stehlen und sofort wieder zu verlieren, damit diese scheinbar verlorene Diebesbeute sich als Schöpfungskorrektur entfalten und wirken könne. Gott als Science-Fiction-Filmregisseur sozusagen, dachte ich, aber der Mann fuhr eilig fort, zu behaupten, daß Genmanipulation, Diebstahl und Beuteverlust ein und dieselbe Tat gewesen sei, die von verschiedenen Personen unter einem einheitlichem Zwang begangen worden wäre.

Ich konnte damals auf diese Version nur verlegen antworten: »Es kann sein. Oder kann auch nicht so sein. Ich glaube nicht an Gott. Ich glaube an die Erde und daran, was die Erde mit ihren Gesteinsschichten, mit ihrer Luft und ihren Quellen, mit ihren phantastischen Produktionen kann. Wenn Sie aber Leuten, die an Gott glauben, Ihre Meinung mitteilen, würden diese wahrscheinlich auf der Stelle ihre Religion verlieren. Was mich allerdings angeht, müßte ich erst damit beginnen, an Gott zu glauben, um glauben zu können, was Sie eben sagten.«

»Vielleicht war es auch der Erdgeist«, meinte der Mann hartnäckig, um mir einen Ersatz für Gott anzubieten, der besser in meine vermutete Weltanschauung paßte. »Wissen Sie, was der Erdgeist kann?«

Solche Gedanken waren wie Kadaver und kreisende Geier in einem. Sie tauchten in vielen Gesprächen auf.

Die echten und wirklichen Geier wissen nichts von der Erde dieser Menschen, und nur echte und wirkliche Menschen ließen ihre Gedanken wie Geier um ihre zukünftigen Kadaver kreisen.

Und die Geier in den Savannen, die noch übrig waren, die die Wasserarmut und die Jäger überlebt hatten, merkten allmählich, daß sich ihre Lebensbedingungen verbessert hatten. Jetzt gab es keine Jäger mehr und ihre Nistbäume gingen seltener in Feuer auf.

Ich wußte natürlich auch nicht, was der Erdgeist kann. Ich konnte mir unter einem Erdgeist nichts rechtes vorstellen.

Doch ich mußte zugeben, daß es verlockend war, sich einen Geist der Tiefe vorzustellen. Das müßte ein Geist sein, der sich unter den steinernen Wurzeln des Granits über der Magmagrenze ausbreitet, der die Kontinentalverschiebungen leitet und überwacht, der den Planeten Erde zu einem denkenden Planeten macht. Die Erde selbst als denkendes Wesen!

Ein moderner Naturwissenschaftler und nicht nur

Herr Dr. Faust hätte früher darüber leicht seinen Verstand verlieren können.

Oft wurde ich auch gefragt, ob es eines Tages neue Menschen gäbe. Ob diese dann wieder mit der Erfindung des Rades beginnen würden, oder aber auf einer höheren, vielleicht sogar viel höherem Stufe.

Das war eine besonders wichtige Frage, wöchentlich wenigstens einmal: Ob nun die ganzen Erfahrungen der Menschen für die Katz gewesen wären, oder ob sie nicht, wie tiefgefroren, überwintern könnten, damit, wenn der neue Mensch wiederkäme, er den gefüllten Gefrierschrank voller Technik, Wissenschaft und Kunst vorfände: Herztransplatation als Erste Hilfe, Atomspaltung zum Händewärmen in der Eiszeit, daneben Gemälde, Gedichte und Beethovens Neunte Symphonie.

Immer wieder machten sich meine Hörer Sorgen um den ungeheuren Aufwand, den die Menschen mit ihren Erfindungen getrieben hatten. Und sie wollten wissen, ob nicht wenigstens der Mensch, wenn dann doch nicht ganz so zivilisiert und kultiviert, überhaupt wiederkäme.

Man fragte mich aus, weil ich als Geologe fürs Fragen dastand und dafür bezahlt wurde. Als ob ich nicht nur wissen müßte, was der Erdgeist kann, sondern als ob ich mit ihm in der Erdentiefe auf du und du stünde.

Ich fügte dann immer vorsichtig einige Vielleicht zusammen, wenn es mit solchen Fragen so weit gekommen war: Die Erde wäre ein bewohnbarer Planet, des-

73

halb würde vielleicht ein zweites Mal glücken, was beim ersten Mal verunglückt sei. Vielleicht würde der neue Mensch den alten in sich tragen, vielleicht aber auch gar nichts von ihm wissen. Vielleicht würde der neue Mensch auch ganz anders sein als der alte, und er hätte in seinem Gehirn die Evolution hinter sich gelassen.

Bestimmt aber dauerte es lange, denn die Erde hätte Zeit, solange es die Sonne gäbe.

Die lange Lebenszeit der Sonne tröstete meine Hörer meistens. Denn es gab viele Möglichkeiten, die Erde zu lieben und es lohnte sich nicht mehr, ungeduldig zu sein, wenn man erst einmal damit begonnen hatte, kosmisch zu denken. Der alte Mensch grüßte den neuen und wünschte sich, die lange Nacht möge traumlos und die Morgendämmerung möge freundlich und komfortabel sein.

Ich sitze auf dem PÈRE LACHAISE in dieser Totenlandschaft und denke an die Erde als bewohnbaren Planeten.

Etwas Verwesungsgeruch liegt in der Luft. Die Tür des Mausoleums gegenüber, in dem ich meinen Freund Goldmann einquartiert habe, schließt nicht mehr gut. Ich hätte seinen Körper weiter fortschaffen müssen, in die jüdische Abteilung, doch meine Kräfte reichten nicht. Nun muß ich seine Verwesung mit ihm teilen.

Der Geruch wird aufhören, wenn Samuel Goldmanns Tod ausgegoren ist. Die Gärung meines Todes wird niemand mehr wahrnehmen. Auch sie hat ihre Zeit. Basta.

Ich betrachte, an meine Mausoleumswand gelehnt, die Erde von Paris, aus der mir etwas Gras entgegenwächst. Und ein wenig abseits, zwischen den Grabreihen, sind die Gemüsebeete, die ich mit meinem Freund angelegt habe.

Und ich denke an Goldmann, der vis-à-vis verwest.

Ich erinnere mich an ein Gespräch in seiner Wohnung in der RUE DU FAUBOURG MONTMARTRE. An den Wänden dieser Wohnung hingen viele Bilder, die Goldmann in allen seinen Rollen zeigten, vom Liebhaber bis zum King Lear, vor allem zeigen sie die späteren Rollen, bis seine große Karriere vom Ende der Menschheit eingeholt wurde.

Alle diese Fotos hingen an den Wänden, sehr eindrucksvoll und sehr stumm.

Ich stelle mir die Fotos vor und suche in meinen Tagebüchern. Die Aufzeichnung über diesen Nachmittag in Samuel Goldmanns Wohnung ist lang und sie trägt kein Datum.

Nachmittags bei Samuel Goldmann.

Wie immer betrachten wir zuerst die Bilder. Es ist die Begrüßung. Ich sage, statt Guten Tag: »Das war also dein Malvolio?«

»Mit kreuzweise gebundenen Kniegürteln. Ein früher Malvolio.«

Hingegen war Prospero seine letzte Rolle: »Weißt du eigentlich, daß ich mich mit dem Prospero vom Publikum verabschiedet habe?«

Ich weiß es lange und betrachte das vorgewiesene Bild. Es zeigt einen Propheten mit bedeutendem Blick.

»Es war die letzte Spielzeit der Welt. Zuvor hatte ich noch das Glück, den Lear spielen zu können. Mein Lear und mein Prospero. Die Theater schlossen damals. Es gab keinen Nachwuchs mehr. Weder Publikum noch Schauspieler. Die jüngste Miranda und der jüngste Ferdinand waren fast so alt wie ich. Ich hätte noch lange die Prosperos und die Lears spielen können, doch es gab keine Ferdinands und keine Mirandas und keine Cordelias mehr. Die Kunst der Maskenbildner war begrenzt. Sie konnten die Gesichter jünger schminken, doch nicht die Stimmen. Nicht einmal die Hände. Ein siebzigjähriger Ferdinand mit einer siebzigjährigen Miranda als Liebespaar neben einem siebzigjährigen Vater, das ging nicht. Doch als ich vor den Vorhang trat und zum letzten Mal Prosperos Abschied sprach, da weinte das siebzigjährige Publikum.«

Den Blick fest auf sein Prosperobild gerichtet, zitiert Samuel Goldmann:

»Hin sind meine Zaubereien.
Was von Kraft mir bleibt, ist mein.
Und das ist wenig.«

»Mein altes Publikum weinte und meine Zaubereien waren hin«, sagt der alte Schaupieler, und seine Stimme fasziniert mich wie immer.

Goldmann ist in seine Stimme verliebt. Ich weiß nicht, ob es Frauen in seinem Leben gegeben hat. Vielleicht war wirklich seine Stimme die alles erfüllende, ihm alles ersetzende große Eigenliebe.

Das Prosperobild hängt wieder an der Wand, doch eben hat es gesprochen.

Diese Bilder machen das Zimmer zu einer Gruft.

Wir trinken an diesem Nachmittag Goldmanns letzten Kaffee. Goldmann ist ein begeisterter Kaffeetrinker. Seit ich ihn kenne, trinkt er Kaffee zu jeder Tageszeit. Aus Wein und Cognac macht er sich nichts, und er raucht nie, aus Rücksicht auf seine Stimme. Eine einzige Zigarette, zwanzig Meter im Umkreis seines Kehlkopfes, macht ihn rasend.

Aber der Kaffee ist alle, und es gibt keinen Kaffee mehr in Paris.

Er kannte alle Orte, wo man noch Kaffee bekommen konnte, doch jetzt sind auch die letzten Quellen versiegt. Die Exporthäfen verlanden und auf den Plantagen in Afrika und Südamerika äsen Hirsche und Antilopen und werden vom Kaffee munter.

Goldmanns Tasse ist leer. Es ist ein ungewohnter

Anblick. Eine leere Kaffeetasse vor Goldmann! Immer waren sie voll, halbvoll, nachgeschenkt, doch niemals leer.

Er hebt die leere Tasse zum Mund, eine Geste, welche auf seine Schauspielerart die totale Kaffeevergeblichkeit zeigt.

»Hin sind meine Zaubereien.
Was von Kraft mir bleibt, ist mein,
Und das ist wenig.«

Dann sagt er plötzlich, über seine leere Tasse hinweg: »Ich glaube nicht, daß diese Viren ein Versehen waren. Eine Verschätzung schon, was die Wirkung betraf, doch kein Versehen. Auch der Diebstahl war kein Zufall. Es war alles geplant.«

»Geplant? Von wem?«

Ich fürchtete schon, er möchte jetzt, wie damals mein Hörer, auf Gott oder den Erdgeist kommen. Doch er schüttelte den Kopf.

»Ich weiß nicht. Von der weißen Rasse, vom amerikanischen Geheimdienst oder von einer Wohltätigkeitsorganisation. Die Erde war mit Menschen übervoll, vor allem mit Menschen von gelblicher, bräunlicher, schwärzlicher oder ganz schwarzer Haut. Unaufhaltsam krochen farbige Babys aus den Schößen ihrer Mütter. Und wenn die überfüllte Erde sie nicht an Hunger oder Pest sterben ließ, würde es einen schlechten Eindruck machen, wenn der amerikanische Geheimdienst, die weiße Rasse oder die Wohltätigkeitsorganisationen sie ganz öffentlich umbrächten. Deshalb dachte man sich etwas anderes aus. Denn jeder afrikanische oder südamerikanische Mann macht ungefähr zehn Kinder. Wenn jeder zehnte oder achte oder siebente Mann unfruchtbar würde, dann wären es schon viel weniger. Wie bei einem Kindergartenspiel: ›...ene mene muh, und weg bist du.‹ Ein bißchen Abzählreim mit Viren, dachte man. Nur die spielten nicht mit und meinten es anders, gründlicher. Denn die gründlichen Wissenschaftler hatten die Gründlichkeit ihrer Produkte unterschätzt. Die Viren hielten sich mit dem Abzählen erst gar nicht auf, und der weißen Rasse mit ihren Geheimdiensten und Wohlfahrtsorganisationen geschah es recht, daß diese ganze göttergleiche Bande mit in der Falle saß. Doch wo bleibt der Lohn der Guten, der erst die fade Strafe würzt? Ist das Gottes Augenmaß?«

Am Schluß klingt er wie Hiob.

Ich weiß nicht, ob er mit dem bösen Verdacht recht hat. Er ist bestimmt nicht der einzige, der so etwas vermutet.

Am meisten hat mich am Schluß seine Hiobsklage begeistert: »Wo bleibt der Lohn des Guten, schließlich wird man doch fragen können.« Und erst recht, wenn man die Stimme hat zu fragen, die Prospero-Stimme, die Stimme der Propheten.

Alle Unschuldigen und Naiven sind gemeinsam mit den Wissenschaftlern, den Geheimdiensten und den Wohlfahrtsverbänden in die Grube gefallen, die die

Wissenschaftler oder die Geheimdienste oder die Wohl-fahrtsverbände gegraben haben.

Lalage hatte es afrikanisch fatal genannt. Für Goldmann ist das gegen jede Vereinbarung mit Gott. Er, mit seiner großen Stimme, hätte es als Prophet weit gebracht.

»Das Gute«, sage ich, »ist die Erde. Ihre Tiere, ihre Pflanzen und ihre Steine. Sie werden alle von ihren Usurpatoren befreit.«

»Gottes Gerechtigkeit gegen die Erde! Und wo bleibt seine Gerechtigkeit gegen die Kunst? Gegen die Kunst Racines und Shakespeares? Ist das recht, daß ihre Genialität vergeblich war?« braust Goldmann auf. »Nie wieder Phädra, nie mehr Richard der Dritte. Nie mehr King Lear!«

Ich schaue Goldmann an und denke: Das ist sein Punkt. Seine Ankläger hängen stumm an den Wänden. Es sind die Bilder seiner Theseus und seiner Prosperos.

Ich sage: »Und wenn es so gewesen wäre, wie du vermutest? Würde das heute etwas ändern? Ändert es etwas, ob Absicht, Zufall, Unfall oder Sühne die Menschen aussterben läßt? Wenn erst einmal der letzte Mensch tot ist, glaube ich nicht, daß es dann einen großen Unterschied macht.«

»Vielleicht ist das gerade das Furchtbare«, sagt Goldmann.

Ein paar Wochen nach diesem Gespräch hatten wir zum ersten Mal den Gedanken, auf den PÈRE LACHAISE umzuziehen.

Doch ehe wir es taten, vergingen noch drei Jahre.

Ich packe das Tagebuch wieder in die eiserne Kiste.

Goldmann hat mein Leben am längsten begleitet. Noch vor Wochen las ich ihm aus den Tagebüchern vor, und wir konnten uns gemeinsam erinnern oder Erinnerungen revidieren. Wir konnten auf dies und jenes zurückkommen und es neu diskutieren. Nun sind meine Gespräche mit Goldmann, die ich in den Tagebüchern notiert habe, unabänderlich geworden. Ich kann ihn zum Beispiel nicht mehr fragen, ob er es auch heute noch für das eigentlich Furchtbare hält, daß sein Gott in dieser unermeßlichen Gleichgültigkeit der Erde ertrank.

Ich hätte ihn auf dem jüdischen Friedhof beerdigen müssen.

Aber wenigstens habe ich Kaddisch gesagt.

Ich habe seit dem Nachmittag, als wir zusammen den letzten Kaffee tranken, nicht mehr über die Probleme von Schuldursachen und Schuldwirkung mit Goldmann gesprochen.

Es war alles eigentlich nicht meine Sache, war nicht das Problem eines Atheisten.

Aber nun möchte ich gerne wissen, was er erfahren hat, nachdem er mitten in einem harmlosen Sonnenbad gestorben ist.

Ich habe Kaddisch gesagt, für Goldmann und für alle Fälle.

6

Mein Friedhof liegt mitten in der Stadt Paris und ist ein vergleichsweise kleines Areal, das mich mit den Fußfesseln meiner Altersschwäche festhält. Ich lebe mitten in Paris und bin doch weit entfernt.

Ich bekomme Fernweh nach den schönen Plätzen der Stadt und nach der SEINE. Ich will den Fluß sehen, über seine Brücken gehen, auf die Insel, wo Paris von einem Fischerdorf zur Metropole Europas heranwuchs, will NOTRE DAME sehen und die TUILERIEN, den Obelisken auf der PLACE DE LA CONCORDE: Ich bin der einzige, der alles noch beim Namen nennen kann. Noch einmal will ich durch die Straßen gehen, ehe ich mich in mein Wohnmausoleum zurückziehe wie ein sterbender Bär in seine Höhle.

Aber es ist ein Risiko, wenn ich meinem Fernweh nachgebe. Bis zum Fluß sind sechs oder sieben Kilometer zu gehen. Wenn mich unterwegs die Kräfte verließen? Wenn ich liegenbliebe und an der PLACE DE LA

BASTILLE oder auf einer Seineinsel stürbe? Dann hätte ich umsonst auf diesem Friedhof ausgeharrt.

Ich weiß nicht mehr, wie lange ich laufen kann. Ich habe auch keine Ahnung, wie weit ich komme, wenn ich eine Stunde gehe. Und was sollte ich unterwegs essen?

In der Bibel steht, daß der Prophet Jonas drei Tagereisen weit in die Stadt Ninive hineinging. Doch Propheten sind berufsmäßige Wanderer. Ich bin nie gewandert. Und Ninive war gewiß nicht größer als Paris.

Aber es zieht mich mächtig an.

Ich mache einen Probegang über den Friedhof. Es ist heiß in der Sonne und ich schwitze.

Aber meine Beine machen mit. Schritt für Schritt funktionieren sie.

Ich beschließe, morgen loszumarschieren.

Ich inspiziere mein Möhrenbeet. In der Frühe werde ich nachtfrische Möhren ernten. Sie enthalten Feuchtigkeit und Kalorien und werden mich auf meiner Reise ernähren, die eine ebenso ungewisse Dreitagereise werden wird, wie sie der Prophet Jonas gemacht hat.

Aber im Gegensatz zu mir fürchtete der sich auch noch vor den Menschen. Die gibt es jetzt nicht mehr.

Der Morgen ist frisch und angenehm. Ich habe einen großen Bund Möhren geerntet.

Mein Möhrenfeld gedeiht vorzüglich, weil die Kaninchen von meinen Freunden, den Hunden, vertrieben werden. Sie schützen mich, als wüßten sie, daß ich einmal Hunde vor Jägern gerettet habe, die in ihre alte Tötelust zurückverfallen waren. Nun schützen sie meine wertvollen Möhren vor den gefräßigen Kaninchen.

Die Möhren, die ich heute zog, waren unversehrt und rochen süß und frisch.

Ich marschiere!

Ich folge der RUE DE LA ROQUETTE Schritt für Schritt. Es ist noch kühl. Doch als ich den breiten BOULEVARD VOLTAIRE überquere, ist es schon deutlich wärmer geworden.

Ich gehe immer auf der Mitte der Straße. Die Bürgersteige sind brüchiger als die Fahrbahnen, die für Autos gebaut worden waren. Es fahren keine Autos mehr. Allenthalben stehen noch völlig verrostete Wracks herum. Stehen dort seit fünfzehn oder zwanzig Jahren. Verrostet, unnütz und leer. Sie sind ein scheußlicher Anblick. Die Fahrbahnen gehören den Hunden und mir.

Aus der Metrostation VOLTAIRE kommen viele Ratten. Sie laufen geschäftig die Treppen herauf und andere huschen hinunter. Sie scheinen alle in den Schächten der Metro eiligen und wichtigen Geschäften nachzugehen. Es sind gutgenährte Tiere, mit spitzen Schnauzen, langen Schwänzen und klugen Augen.

STATION VOLTAIRE: Die Ratten kommen aus dem Bauch des Bahnhofs ans helle Licht. Sie haben nichts zu

fürchten. Es ist ein schöner Rattensommer am BOULE-
VARD VOLTAIRE.

Der Putz an den Häuserfassaden bröckelt. Aber die
Häuser stehen und sind noch keine Ruinen. Der beginnende Verfall hat sie, anders als die Autos, nur etwas
verletzt.

Es wird lange dauern, bis sie einstürzen. Das Klima
ist gemäßigt, da überwuchert kein schnellwachsender
Urwald die Städte, und sehr langsam nimmt die Natur
sich das Recht, zwischen Kraut und Unkraut keinen
Unterschied zu machen. Die Natur hat sehr viel Zeit,
mit der schönen Stadt Paris fertig zu werden.

Ich setze mich auf eine Haustreppe und esse eine
Möhre. Sie erfrischt mich. Die Hitze macht mich aber
schläfrig. Ich will nicht einschlafen, stehe auf und marschiere weiter. Schritt für Schritt gehe ich diese lange
RUE DE LA ROQUETTE entlang und erreiche um die Mittagszeit den PLACE DE LA BASTILLE, als es schon unerträglich heiß ist.

Ein großes Rudel Hunde kommt aus der RUE DU
FAUBOURG ST. ANTOINE und jagt quer über den weiten
Platz in Richtung BOULEVARD HENRI IV.

Der gute König Henri Quatre. Um ihn herum ist viel
Blut in Paris geflossen, und schließlich auch das seine.

Langsam folge ich den Hunden. Ich höre in der
Ferne ihre jagenden Bellschreie.

Nie habe ich die Seine so klar gesehen. Von der Brücke
schaue ich bis auf den Grund, sehe hellschuppige Fi-

sche in dem grünlichen Wasser schwimmen. Manche schießen schnell umher. Größere paddeln mit gemächlichem Flossenschlag.

Ich habe mir auf meinem Friedhof oft den Fluß und die Brücken vorgestellt. An Fische habe ich nicht gedacht.

Die schönen Brücken gibt es noch, sie verbinden Ufer mit Ufer, Rathaus mit Dom, doch es gibt keinen Bürgermeister mehr und keinen Erzbischof und niemand geht mehr von einem Ufer zum anderen, oder gegeneinander, oder miteinander.

Die Seine ist grün geworden und die Brücken sind leer.

Ist es das Ziel, das ich suchte? Einen grün gewordenen Fluß und leere Brücken?

Ich gehe über die Brücke.

Ich benutze ein letztes Mal diese Brücke zum Hinübergehen. Arbeiter haben diese Brücke gebaut, Ingenieure ihre Haltbarkeit geplant, Geologen die Festigkeit ihres Untergrundes erkundet. Ich, ein Geologe, gehe über eine Brücke. Ich spüre alle Vergeblichkeiten unter meinen Füßen, indem ich als Geologe über die Brücke gehe, mit meinem Wissen über die notwendigen Tiefen und Grundbeschaffenheiten für Brückengründungen, und sehe auf dem Grund der Seine die Fische und höre ein Volk Enten anrauschen, das von Westen her über meinen Kopf in den Fluß einfällt. Die Enten schwimmen anmutig auf dem Wasser und tauchen tief ihre braunen und grünen Köpfe ein.

Ich stütze mich auf das Geländer und betrachte diese Landschaft. Ich sehe den blauen Himmel über Paris an diesem schönen Sommertag und die stumpfen schwarzen Türme der Kathedrale, die nun keinen Beter mehr hat und keinen Bischof, der die Beter ängstigt und segnet.

Die Enten schnattern sehr laut im stillen Paris.

Meine Sinne projizieren diese Landschaft auf den fotografischen Film meines Gedächtnisses. Wenn ich mich dem Dom nähere, wird er die Kathedrale NOTRE DAME aufnehmen, aus vielen Winkeln und immer neuen Perspektiven. Es wird zahllose Einzelbelichtungen auf dem Film meines Gedächtnisses geben: Gedächtnisbelichtet, solange ich denke.

Solange ich denken werde, wird der Dom von Paris NOTRE DAME heißen. Wenn mein Gedächtnis stirbt, wird NOTRE DAME als Name, als mit Sinn begabter Stein tot sein. Existieren wird dieses Gebäude weiter, seine Fundamente sind gut berechnet, meine mittelalterlichen Kollegen verstanden ihr Handwerk, die Steine sind hervorragend vermauert und der von den Menschen verdorbene Regen hat aufgehört, sauer zu sein. Trotzdem wird NOTRE DAME dann nichts anderes als ein künstlicher Steinberg sein, kleiner und weniger dauerhaft als echte Berge.

Langsam gehe ich weiter.

Es ist nun später Nachmittag. Ich bin eine Tagesreise weit in die Stadt hineingegangen. Ich gehe zur Spitze der Insel, wo diese sich wie eine Buhne dem Strom des Flusses entgegenstellt.

Ich lege mich nieder und schlafe. Am Abend erwache ich, nehme eine Mahlzeit Möhren zu mir und gehe dann zum Fluß. Ich halte mein Gesicht in das strömende Wasser und trinke.

Ich habe in meinem langen Leben noch nie aus dem Seinefluß getrunken. Statt dessen trank ich aus den schmutzigen Brunnen, die wir gebaut hatten, ehe die städtischen Versorgungen versagten. Nie trank ich mit eingetauchtem Gesicht, wie es die schnatternden Enten tun. Wenn meine alten Knochen herabfallen, ertrinke ich, denn niemand fischt mich aus dem Fluß. Doch ich trinke herrliches Wasser und die Seine umströmt mein Gesicht.

Dann schlafe ich.

Als ich einmal in der Nacht erwache, sehe ich viele teilnahmslose Sterne über mir.

Die Frische des Morgens weckt mich. Ich höre den Fluß. Es ist das Geräusch des Wassers, das mich weckt. Der Friedhof hat mich schon so lange behalten, daß ich nur an seine Geräusche gewohnt bin.

Ich gehe zum Fluß und wasche mein Gesicht.

Dann mache ich mich auf, wie einst sich Jonas aufgemacht hat, um seine zweite Tagesreise in die Stadt hineinzugehen.

Ich gehe in der Morgensonne über die südliche Inselstraße.

Jenseits des Flußarmes lag früher das Paris der Studenten, das universitäre Paris, ST. GERMAIN, BOULEVARD ST. MICHEL, wo in den großen Buchhandlungen nun die Ratten nagend die letzten Auflagen genießen. Vorbei, ihr Institute und Lycéen.

Ich gehe langsam und ziehe einen Schritt hinter dem anderen her. An einer Straßenbiegung sehe ich schon die Brücke des Heiligen Ludwig, die die Inseln verbindet.

Näher kommend, bemerke ich, daß ein großer Hund wie ein Wächter auf der Mitte der Brücke steht. Er steht unbeweglich, scheint zu warten und an einen ganz bestimmten Auftrag zu denken. Ein zweiter Hund, klein und krummbeinig, umkreist ihn nervös. Offenbar ist es der Adjudant des großen Hundes.

Hunderte von Ratten laufen über die Brücke von Insel zu Insel. Die Hunde beachten sie nicht. Den Ratten gilt nicht ihr Wachauftrag. Ich beginne mich zu fürchten, sie möchten meinetwegen Posten stehen.

Menschen fürchten sich vor allem, das sich ihnen in den Weg stellt. Tausende von Jahren haben Politiker ihre Macht erhalten, indem sie den Leuten Soldaten und Polizisten in den Weg stellten. Sollten es die Hunde für ihren Hundestaat Paris gelernt haben?

Ich weiß nicht, welchen Ausweis ich dem Hund zeigen soll. Ich gehe auf die Brücke. Der Adjudant beschnüffelt mich, doch der große Hund läßt mich vorbei.

Ich nähere mich dem Dom von seiner Rückseite her.

Der Stein sieht porös aus. Die Teufelsfratze eines Wasserspeiers liegt vor meinen Füßen, abgefallen aus großer Höhe, und sieht mich mit zerbrochenem Grinsen an. Er will sagen: »Wir haben es geschafft, nicht wahr? Oder habt ihr es geschafft? Ist doch dasselbe.«

Ich gehe in die Kirche hinein. Die Fenster sind blind von Staub. Auf den Altären und Bänken liegen dicke Staubschichten. Es ist sehr dunkel. Man hört die Ratten, aber man sieht sie nicht. Es sind viele unsichtbare kleine Besucher da.

Ich verlasse den Dom. Das Licht blendet.

Ich weiß nicht, weshalb ich vom PÈRE LACHAISE fortgegangen bin.

Auch weiß ich jetzt nicht mehr, was ich sehen wollte. Wollte ich diese staubige Kirche sehen, von der Wasserspeier mit den Teufelssfratzen abfielen wie vollgesaugte Zecken von den Körpern ihrer Wirte?

Jetzt will ich heim zum PÈRE LACHAISE.

Ich gehe über die Brücke zum rechten Ufer, der Flußseite, wo früher die Staatsmacht befestigt war.

Flußabwärts liegen die Gärten, in denen ich Dominique an dem Tage traf, als ich ihr Geliebter wurde. Will ich diese Gärten wiedersehen, die Bank, auf der wir damals gesessen haben? Wollte ich eine leere Parkbank wiedersehen? Wahrscheinlich ist sie längst verfault, ein Misthaufen aus Eisen und Holz und als Bank nur noch in meinen Tagebüchern erhalten, die in der Kiste auf dem PÈRE LACHAISE liegen.

Mein ganzes Leben liegt in dieser Kiste. Weshalb habe ich mich von meinem Leben aus der Kiste entfernt?

An den Mauerbrüstungen des Ufers hängen noch einige Kästen der Bouquinisten. Andere sind aus ihren verrotteten Halterungen gefallen und liegen auf der Straße.

Ich öffne einen der Kästen. Die Schlösser sind verrostet, doch das Holz hat dichtgehalten. Es riecht muffig wie in einem alten Keller.

Ich ziehe ein Buch heraus.

Es ist der vierte Band von Molières Komödien, mit geprägtem Einband. Ich sitze gegen die Quaimauer gelehnt, blättere auf, lese. Ich sehe Goldmann als Eingebildeten Kranken vor mir.

Savantissimi doctores
Medicinae professores
Qui hic assamblati estis.

Das irre Schlußballett der Wissenschaftler, »die hier versammelt sind.«

Sie haben sich vor einem knappen Jahrhundert einmal zuviel versammelt. Ob es Molière ahnte, daß sie sich einmal zuviel versammeln würden?

Hier sitze ich als ein Abenteurer, den es weit weg von zu Haus bis hierher getrieben hat. Fast unerreichbar weit zurück für einen alten Mann. Und von »savantissimi doctores« lese ich, »qui hic assamblati estis«.

Aber das Rathaus hinter mir ist leer, nur die Ratten halten dort Ratstagung, und der Himmel weiß, wovon sie leben, seit die Menschen keinen Müll mehr machen.

Diese Menschen waren wissenschaftsgläubig bis in den Tod. Besonders die Kranken, ehe die große Krankheit kam.

Besonders die eingebildeten Kranken. Auch Goldmann war ein eingebildeter Kranker, blieb es auch hinter den Kulissen des Theaters. Die hundert Kronen seiner Könige legte er in die Fächer des Requisiteurs zurück, seine Hypochondrie aus dem »Eingebildeten Kranken« nahm er mit heim. Er hoffte auf permanente Rettung durch die Wissenschaft. Die Wissenschaftler hatten seiner Meinung nach im Auftrage des Geheimdienstes die Viren manipuliert, und trotzdem glaubte er lange noch an die Wissenschaft.

»Savantissimi Doctores!«

Molière ist während dieses Stückes mitten auf der Bühne gestorben. Mein Freund Goldmann starb unauffälliger in der Sonne.

Meine Möhren sind fast aufgegessen, und der Rest schmeckt trocken. Mein Vorrat wird nicht für drei Tagereisen reichen. Ich gehe nochmals hinab zum Fluß und trinke auf Vorrat, wie ein Kamel vor einem Wüstenritt.

Dann verlasse ich die Seine und mache mich auf den

Weg durch diese menschenlose Wüste der Stadt, zurück zum Friedhof.

Die RUE RIVOLI: Das war einmal die Gegend der teuren Wünsche hinter Schaufensterscheiben, der teuren Frauenwünsche, Träume, die man unter den Arkaden auch bei Regenwetter spazierenführen konnte.

Ich gehe die RIVOLI in Richtung des PLACE DE LA BASTILLE. Bin wieder auf dem Heimweg. Suche nach kleinen kürzeren Straßen, denn die Boulevards und die Avenues und die Wege über die großen Plätze sind so unüberschaubar weit offen: Also unüberwindlich. Enge Gassen sind vertraulicher. Wieder wird es heiß. Ich schwitze sehr und die Füße schmerzen.

Ich gehe im Stadtteil LE MARAIS umher. Früher haben hier viele Juden gewohnt. Man sieht noch immer hebräische Buchstaben an den Häusern.

Weil mir so heiß ist und ich müde bin, trete ich in eine Synagoge ein, um mich auszuruhen. Sie gibt mir Schatten und halbwegs bequemen Sitz auf ramponierten Bänken.

Goldmann hat mir früher einmal einen Gottesdienst in einer Synagoge gezeigt. Die Männer trugen weißschwarz gestreifte Tücher mit Fransen an den Enden. Goldmann sagte: »Man hebt die Torah aus«. Die Rolle wurde in die Gemeinde hineingetragen und die Männer berührten sie mit ihren Tüchern.

Ich hatte keine Ahnung, was da vor sich ging. Aber ich spürte, daß es etwas bedeutendes war. Diese armlange Rolle in ihrem Samtmantel und mit dem silbernen Kronenschmuck machte einen ewigen und zugleich sehr verletzlichen Eindruck auf mich.

»Ewig und verletzlich«, hatte Goldmann später gesagt. »Ich glaube, das ist es. Zwischen diesen zwei Worten, die anscheinend nicht zusammen passen, breitet sich unsere ganze Geschichte aus.«

Nun waren in dem Vorhang, hinter dem die Torarollen standen, große Löcher, und die Pergamentrollen waren von den Ratten halb aufgefressen.

Ich habe Goldmann mit einem hebräischem Gebet, das ich nicht verstand, in ein christliches Grab gesetzt, gegenüber meinem Wohnmausoleum. Auch als ich dieses Gebet sagte, hatte ich das Gefühl, etwas bedeutendes zu tun und hatte keine Ahnung, um was es ging.

Mein Freund ist tot, und nun sitze ich hier in dieser Synagoge und betrachte die Zerstörung. EWIG UND VERLETZLICH.

Doch ich sehe nur das Zernagte. Warum läßt Gott es zu, daß die Ratten sein ewiges Wort fressen? Auch die Ratten sind seine Geschöpfe. Gönnt er ihnen sein Wort als Nahrung, nachdem die Menschen in freier Entscheidung sich selbst erledigt haben?

Durch die freie Entscheidung, sich umzubringen, hat sich das Wort Gottes an die Menschen offensichtlich überlebt. Nun sind die Pergamentrollen leere Hülsen. Die Ratten fressen nicht Gottes Wort, sondern seine Hülsen.

Es ist viel Abschied in mir, als ich mich wieder durch

die Hitze auf den Weg mache. Und ich weiß nicht, ob ich genügend Wasser getrunken habe. Ich bin zu durstig geworden, um traurig zu sein.

Es ist wieder später Nachmittag, als ich an dem stumpfen Winkel, den die AVENUE DE LA REPUBLIQUE und der BOULEVARD DE MENILMONTANT miteinander bilden, auf den Eingang zu meinem Wohnfriedhof treffe. Zum ersten Male sehe ich aus den Friedhofsbezirk eine Herde Schweine kommen und in der AVENUE GAMBETTA verschwinden. Ich fürchte für mein Möhrenbeet und betrete eilig den Ort, an dem ich wohne.

Ich bin wieder zu Hause.

7

Von meinem Spaziergang durch Paris werde ich nichts in meine Tagebücher schreiben. Meine Erinnerung daran reicht für den Rest meines Lebens.

Ich finde, daß sich die Menschen ohnedies zuviel mit ihrer Vergangenheit oder ihrer Zukunft auf der Erde beschäftigt haben. Das ist ihnen und der Erde nicht bekommen.

Nach meinem Tode gibts nur noch Gegenwart auf der Erde. Ich alleine jongliere noch mit Zeiten, wenn ich lese, wenn ich schreibe, wenn ich denke. Für mich *sind* herabgefallene Wasserspeier am Dom keine abgebrochenen Steine, sondern *waren* Wasserspeier, und zerfressene Torahrollen *sind* keine zerrissenen Pergamente, sondern *waren* Torahrollen. Für die Ratten aber *sind* sie Nahrung und für die Hunde *sind* die abgefallenen Skulpturen Warnungen, nicht zu nahe an den Mauern herumzuschnuppern. Für alle Tiere, die auf der Erde bleiben, gibt es nur Gegenwart. Es wird eine sorglosere Zeit sein.

Todesangst hat man nicht vor dem Tod, sondern vor seiner Vorstellung vom Tod.

Adam bekam Todesangst nach seiner Apfelmahlzeit.

Ich habe nie so klares Wasser geschmeckt, wie das Wasser, das nun in der Seine fließt. Die Erde erholt sich und überwindet mit der unvorstellbaren Gleichgültigkeit einer alten fröhlichen Witwe den plötzlichen Tod der Menschheit, deren Cohabitation sie in immer peinsamerer Gemeinsamkeit ertragen hat.

Es wird lange dauern, bis sich die Urwälder über Europa geschlossen haben werden. Doch die Erde hat Zeit. In der Sprache der Sonnen und Planeten gibt es möglicherweise ein Wort für Endzeit, aber ein Wort für Ungeduld kommt nicht vor. Nur die Begriffe *Zeit* und *Raum* sind *ewig*, und deshalb exklusiv nur von Gott zu denken.

Das klare Wasser der Seine war das wahrnehmbarste Erlebnis auf meinem Spaziergang. Es hat dem letzten Menschen geschmeckt und mit seinem Geschmack den Geologen getröstet.

Solche Aufspaltungen der Wahrnehmung wird es auch bald nicht mehr geben.

Das Wasser läßt mich nicht mehr los. Wasser hat mich immer mit seiner geheimnisvollen und oft unterirdisch-unsichtbaren Hurtigkeit bewegt. Gerade ihm hätte die liebevollste Ökonomie der Menschen gehören sollen. Früher, ehe sie es vergifteten, hatten sie Flüsse und Seen mit hübschen glatten Nymphen und freundlichen Geistern bevölkert. Seit das Wasser aus dem Kranen kam und man Kläranlagen baute, wurden die Gedanken an die Quellennymphen mit dem Industrieschlamm ausgeschwemmt.

Die Seine ist jetzt ein klarer Fluß.

25. August 2053

Man hat mich endlich auf das Rathaus bestellt. Vor einem Jahr hatte ich meine Denkschrift abgeschickt.

»...es ist damit zu rechnen, daß in etwa zehn Jahren die Infrastrukturen dieser Stadt zusammenbrechen. Es wird keine Transportmittel mehr geben, außer solchen lokalster Art, und darum werden Versorgungen und Entsorgungen nicht mehr möglich sein. Bis auf eines wird dies aber keine lebensbedrohende Gefahr für die Bevölkerung bedeuten, wenn man sie zeitig für eine Selbstversorgung schult. Bis auf eines: Denn mit dem Zusammenbruch der öffentlichen Versorgungen wird auch die Wasserzufuhr durch das städische Leitungsnetz aufhören.

Die Stadt Paris ist zu weitläufig, und die Entfernungen zwischen den Stadtteilen sind zu groß, daß sich alle Menschen unmittelbar aus der Seine mit Trinkwasser versorgen könnten. Denn es wären zum Zeitpunkt des von mir beschriebenen Zusammenbruchs der Versorgungen von den ehemals zwölf Millionen Einwohnern immerhin noch viele Hunderttausende am Leben, alte und zunehmend kranke Menschen, die alle in die Nähe des Flusses ziehen müßten. Da es in diesem Stadium auch keine Entsorgung mehr gibt, würde eine kollektive Umsiedlung nicht empfehlenswert sein. Denn es dürfte in den entstehenden Ballungsräumen am Fluß nur Wochen oder bestenfalls Monate dauern, bis verheerende Cholera- und Typhusepedemien ausbrächen.

Eine sinnvolle Vorsorge wäre jedoch, solange es noch Mittel dafür gibt, überall in Paris Tiefbrunnen zu graben, um das verhältnismäßig saubere Grundwasser als Trinkwasser zu verwenden.

Es wird die letzte große Baumaßnahme für diese Stadt sein, die Sie zu beschließen haben. Es ist sinnvoll, diese letzte technische Herausforderung schnell zu beginnen. In einigen Jahren werden weder Räumwerkzeuge mehr da sein, noch Arme, um sie zu bedienen.«

Es dauerte ein ganzes Jahr, bis man beschloß. Eine nicht mehr einholbare Zeit, die man schon versäumt hatte.

Dann sitze ich im Rathaus vor einem winselnden Bürgermeister.

»Man hatte so viel erreicht«, klagt er. »Vor fünfzig Jahren startete noch ein Raumschiff zum Mars. Erfolgreich, Monsieur, erfolgreich. Und vor dreißig Jahren der letzte Überschalljet nach Los Angeles. Und jetzt nennen

Sie es die letzte Herausforderung, tiefe Brunnen zu graben.«

Der Bürgermeister trug seine Erinnerungen mit Lust vor. Man hatte sich daran gewöhnt, seine Resignationen zu lieben.

Resignation stand als Gefühl hoch im Rang. Man legte sogar eine gewisse Wollust hinein. Man hätte, würde man noch dichten, glatt *Daseinsgrenzen* auf *Impotenzen* gereimt, wie früher *Tod* auf *Morgenrot*.

Und als der winselselige Bürgermeister die Weltraumtechnik und die Brunnen hintereinander zu bringen versuchte, fallen für ihn Heldentod und Morgenrot mit Grenzen und Impotenzen in eins zusammen.

Der Bürgermeister ist so ratlos wie vor einem Jahr, das wir wegen seinem Mangel an Phantasie verloren haben, aber er gibt mir schließlich den Auftrag, einen Plan für die Brunnen von Paris zu machen.

Dann wird man endgültig befinden.

Immerhin hat sich der Bürgermeister mit der ganzen Lust an seinem Lamento für einen Plan entschieden. Doch als ich ihn verließ, glaube ich, ihn nicht allzu sehr gestört zu haben.

Auch den Tiefbrunnen auf dem PÈRE LACHAISE, der mich heute mit Wasser versorgt, habe ich damals graben lassen.

Unsere Brunnen sind solide gebaut. Jeder meiner Arbeiter hatte die Bedeutung erkannt, denn er wußte, daß es auch um die Vorsorge seines eigenen Lebens ging.

»Jetzt leben wir unser Ego pur«, sagte mein Freund Goldmann an meinem fünfzigsten Geburtstag. »Wir können uns nicht mehr auf unsere Söhne herausreden, die es einmal besser haben sollen als wir.«

Mein fünfzigster Geburtstag fand wenige Wochen vor meinem Gespräch mit dem Bürgermeister über die Brunnen von Paris statt.

Alles ist jetzt vierzig Jahre her. Die fünfziger Jahre des Jahrhunderts waren das Mittelalter des Menschheitsverfalls.

Als ich Dominique liebte – wenn unsere Umschlingungen je so etwas wie Liebe waren –, stand der Verfall gerade in seiner Morgenfrische. Er wehte nur so etwas ins Bewußtsein hinein: Man wußte von ihm, ohne ihn richtig zu kennen. Damals wimmelte es von Menschen in Paris.

Nur die Kinder fehlten.

Als wir begannen, die Brunnen zu graben, war die Bevölkerung schon um mehr als die Hälfte zurückgegangen. Die vielen Greise und Greisinnen, die es schon gab, fielen mehr auf, als daß man das Fehlen der Kinder merkte. Denn die letzten Kinder waren allmählich erwachsen geworden. Die Älteren aber sahen in ihnen immer noch die Kinder von früher. So gewöhnte man sich daran, daß es keine mehr gab.

Aber Greise und Greisinnen sah man überall. Mit ihren Runzeln und Altersflecken schlichen sie sich unheimlich und immer deutlicher in unser Bewußtsein.

Die Zeit des Verfalls zählt rückwärts: Die Zeit mit Dominique war die Neuzeit; die Zeit der Brunnen war Mittelalter, und jetzt ist für mich Steinzeit.

So, als sei die Zeit der Menschen bloß ein Film gewesen, und ein überdrüssiger Gott hätte kurzerhand den Rückspulmechanismus eingeschaltet.

Ich entsinne mich, daß ich damals geschrieben habe, Geburtstage seien etwas obszönes.

Ich suche in den Tagebüchern und lese:

11. August 2053

Heute bin ich fünfzig Jahre alt. Gestern abend, als ich einschlief, war ich noch neunundvierzig. Welch ein Unfug, diese Erbsenzählerei! Als ob eine verschlafene Mitternacht aus einen neunundvierzigjährigen Menschen einen fünfzigjährigen Menschen machte, der anders ist als der vorherige und deshalb bestaunt werden muß.

Ich erwache an dem Morgen eines 11. August fünfzigjährig, und muß mich beeilen, mein Junggesellenheim für Gäste vorzubereiten. Ich bin ein fünfzigjähriger Junggeselle und gehöre zu den jüngsten Männern von Paris, von Frankreich und von der Erde.

Ist es ein Grund, eine Flasche Champagner zu öffnen? Geburtstage sind dumm wie Zufälle. Dumm waren sie immer, aber heute sind sie obszön.

Um elf Uhr wird der Dekan der naturwissenschaftlichen Fakultät kommen.

Es gibt die Sorbonne nicht mehr, deshalb gibt es auch keinen Dekan mehr an einer Universität, die es nicht mehr gibt. Aber es gibt *den Dekan*, und solange es ihn gibt, lebt mit ihm noch die Idee des Dekans weiter, und solange die Idee des Dekans lebt, kann auch die Sorbonne nicht sterben. Doch er ist sechsundsiebzig Jahre, und die Sorbonne hat die besten Aussichten, bald in ihm zu sterben.

Solange es ihn gibt, besucht er die Wissenschaftler seiner Fakultät an ihren fünfzigsten Geburtstagen. Es ist so, als ob der vom Teufel zu regelmäßigen Besuchen verurteilte Fliegende Holländer auftaucht, und deshalb existiert noch die Sorbonne wie ein verdammtes Schiff und wird bei seinem Tode versinken. Es hieß Erlösung, als er mit seiner Senta ins Jenseits abzog, aber ich bin nicht sicher, ob der Holländer mit Senta nicht die weitere Existenz auf offenem Meere, selbst bei Gewitter und Sturm vom Süden her, dem Ersaufen vorgezogen hätte.

Um elf Uhr, pünktlich wie ein Geist, wird mein Fliegender Holländer von Forschung und Lehre bei mir eintreffen.

Er liebt weichen normannischen Camembert.

Um zwei Uhr kommt Sara, um Ente mit Orangensauce für das Geburtstagsessen vorzubereiten.

Um vier Uhr kommt Goldmann. Dann wollen wir essen.

An Goldmann denke ich täglich. So vielfältig hat sich der Schauspieler in mein Leben gespielt. Er hat die Jahre auf dieser Totenstation mit mir geteilt, und er teilt sie immer noch als Toter. Auch an Dominique habe ich mich erinnert. Und an die schwarze Speerwerferin Lalage erinnerte ich mich.

Von Sara habe ich bisher geschwiegen. Aber es wäre undenkbar und undankbar, nicht an Sara zu denken.

Mußte ich auf meinen fünfzigsten Geburtstag kommen, zuerst noch auf den alten Dekan, ehe, mit der Ente in Orangensoße in den Händen, Sara erscheint?

Sie war die Freundin aus der Mitte meines Lebens.

Eines Tages hatte sie in dem Saal gesessen, wo ich meine Vorträge hielt. Sie saß in der ersten Reihe.

Dadurch war sie mir sofort aufgefallen, weil die erste Reihe meist leer blieb.

Sara tat es trotzdem. Mitten im Semester kam sie in meinen Kursus und setzte sich in die erste Reihe. Ich erinnere mich gut an den Tag, als ich sie dort sitzen sah.

Sie war eine große Frau, zu dick, dachte ich damals, während ich Gesteinsarten erklärte.

Sie blickte mich aus indischen Augen an. Ich wußte nicht, weshalb ich an Indien dachte, während ich von dem Granit und dem Basalt sprach, als machte ich es im Schlaf.

Diese Augen hatte ich bei Inderinnen gesehen oder bei Zigeunerinnen.

Es war nicht nur die Farbe der Augen, die sie indisch-zigeunerisch machten – es gibt auch viele Französinnen mit dunkelbraunen Augen –, aber es war so ein feuchter schwimmender Glanz auf diesen Augen, die mich aus der ersten Reihe anstarrten: Ein hervortretender Schimmer, zwei große überlaufende Tränenteiche.

Sie sagte später, als wir uns schon gut kannten, es gäbe keine exotische Vorfahren in ihrer Familie. Ich glaubte ihr, denn es gab keinen Grund mehr, seine Abstammung zu verleugnen. Man konnte jedes Gesicht tragen, ohne sich zu fürchten, erklären zu müssen, wie man es erworben hat.

Ich reichte Gesteinsproben herum.

Fast alle Hörer waren älter als ich. Ich schätzte die Frau in der ersten Reihe auf sechsundfünfzig Jahre.

Tatsächlich war sie dreiundfünfzig. Ihr Leibesumfang machte sie älter. Doch während die meisten Frauen um diese Zeit weiße Haare hatten, waren ihre Haare so schwarz wie der Basalt, den ich ihr zur Betrachtung hinhielt.

Pünktlich um elf kommt der Dekan. Als ich öffne, springt der Dekan herein. Ich denke an eine Stahlfeder in einer alten Uhr. Der Dekan ist winzig und hat Knochen wie Stahlfedern, sehr alt und etwas verbogen.

Er ist merkwürdig angezogen. Wie ein japanischer Samurai. Nur die Schwerter fehlen.

Ich erinnere mich, gehört zu haben, daß der Dekan lange in Japan gelebt hatte.

Wozu sollte ich Camembert besorgen? Reifer normannischer Käse paßt zu bodenständig breiten Quadratschädeln, doch was will diese kleine japanische Stahlfeder in weichem Käse? Der Camembert muß ein Irrtum sein, ein peinliches und anrüchiges Mißverständnis.

Ich führe meinen Gast ins Wohnzimmer. Der Käse stinkt vor sich hin.

»Oh, was ein schöner Camembert«, sagt der Dekan glücklich.

Widersprüchliche Ordnungen, denke ich.

Der Samurai aus Cherbourg ist zufrieden.

»Ich habe fünfzehn Jahre in Japan gelebt. Ich spreche japanisch, ich träume oft japanisch, und ich war fast glücklich dort. Nur eines fehlte mir.«

Ich wage nicht, das Wort Käse auszusprechen, doch der Samurai deutet auf den Tisch. »Den habe ich vermißt.«

Ich eile mich, die Champagnerflasche zu öffnen, damit der Wahljapaner sein fünfzehnjähriges Käsedefizit aufholen kann. Und ich denke dabei: Warum muß ich

deshalb fünfzig Jahre werden, um mit einem Draht-
männlein, das ich nicht kenne, eine Stunde über Käse
zu sprechen?

Der Dekan hebt das Glas und schneidet gleichzeitig
mit dem Messer in die zähfließende Pracht.

»Ein schöner Käse. Die richtige Reife. Nicht zu frisch
und nicht zu spät. Die falben normannischen Kühe!
Herrliche, hübsche Tiere. Ich mache mir große Sorgen,
was aus ihnen werden wird, wenn es keine Menschen
mehr gibt, die sie melken.«

Da sitzt dieser seltsame Mann, der aussieht wie ein
Japaner, der aus der Zeit der Shogune zu kommen
scheint, aber ein berühmter Physiker ist, fünfzehn Jahre
Universität Tokyo, Dekan an der Sorbonne, ißt Camembert und macht sich Sorge um ungemolkene Kühe.

»Spielen Sie Go?« fragt er plötzlich, ganz ein japanischer Fürst, als gäbe es keine Kühe mehr in der Normandie.

Ich verneine.

»Das ist ein Spiel für unsere Zeit. Man muß seine
Philosophie verstehen. Der Umzingelung durch Duali-
tät entgehen.«

Während ich den Geruch des Käses erleide und er
sich erstaunliche Stücke davon in den Mund schiebt,
erklärt er mir: »Der Umzingler setzt seine Steine. Aber
wenn er glaubt, daß er es geschafft hat und will die
feindliche Festung sprengen, hat der Belagerte auf dem
Brett zwei Augen offengelassen. Das ist die einzige, die
wirkliche Kunst: denn wir sind vom Tod umzingelt.

Sogar von einer neuen Spezies Tod, dem endgültigen Tod und nicht von dem, der von Tausenden von Theologen immer wieder neu begründet wurde, weil er Platz für neues Leben und das alte ins Jenseits schaffte. Sondern vom wirklich tödlichem Tod, der uns mit seinen Go-Steinen aus der Mitte an den Rand des Spielbrettes drängt. Aber da sind immer noch diese beiden Augen, die ein guter Spieler setzen kann, in seiner Eigenschaft, ein denkender Mensch zu sein.«

Bei den Worten denkender Mensch ruckt der Dekan zweimal sprunghaft mit dem dürren Kopf, so daß ein Stück Käse zu Boden fällt.

»Glaube und Wissenschaft sind die Augen, die wir setzen können. Wohlgemerkt, nicht entweder Wissenschaft oder Glaube, denn das wäre ja immer jeweils nur ein Auge, welches der Gegener schließen kann. Wissenschaft *und* Glaube sind aber zwei Augen, die offen bleiben müssen, um damit in unserem letzten Spiel unbesiegbar zu bleiben.«

»Und später?«

»Liegt das Brettspiel gewonnen auf dem Tisch. Der Spieler hat im Geiste gegen den Tod gewonnen. Das ist eine sehr positive Philosophie.«

Japanische Zen-Philosophie, denke ich. Sehr anthropozentrisch. Aber gerade darin auch wieder sehr abendländisch. Der Mensch behält so das letzte Wort, das ihm der Tod nicht mehr abnehmen kann.

Doch etwas stimmt nicht. Denn es bleibt nur ein Spielbrett mit zwei offenen Augen übrig, aber kein

Mensch mehr weit und breit, der es schützt. Der erste große Hund wird es vom Tisch fegen, wenn er mit seinem Schwanz wedelt.

Verlegen sage ich: »Es ist wahrscheinlich ein japanischer Weg.«

Der japanische Normanne aus Cherbourg antwortet nicht, sondern schiebt mit einem Stück Brot den letzten Käse in seinen dürren Leib. Er spült ein Glas Champagner nach, erhebt sich, verbeugt sich, preßt die dürren Arme rechts und links an den Körper und sagt dann, als sei das, allenfalls, etwas Überfälliges: »Herzlichen Glückwunsch zum fünfzigsten Geburtstag, Herr Kollege. Sie sind der allerjüngste aus unserer Fakultät. Bleiben Sie noch lange der Wissenschaft erhalten.«

Dieser seltsame Go-Spieler war mein Orden zu meinem fünfzigsten Geburtstag, den er mir mit sich selbst verlieh. Er würdigte mich, indem er mich seines Gespräches würdigte. Orden waren längst aus der Mode. Man hatte begriffen, daß Orden Rückstrahler sind, und Rücklichter sind überflüssig, denn hinter uns ist es leer.

Auch die Akademie berief keine neuen Mitglieder mehr.

Und während des ganzen Gespräches mit dem Dekan habe ich an die Ente gedacht, die Sara braten würde.

Es hatte mit Sara begonnen, kurz nachdem sie in meiner Vorlesung aufgetaucht war und in der ersten Reihe saß, mit ihrem schwarzen Zigeunerhaar.

Der Regen war schuld gewesen, ein Platzregen, wie er im Herbst bisweilen über Paris herfällt, und ich hatte meinen Schirm vergessen.

Sara besaß einen Schirm, sie brachte mich trocken in ihre nahe Wohnung und ließ dabei ihr Haar naß werden.

Heißer Tee, dann Klavierspiel, erweckt durch Saras große Hände.

»Früher spielte ich viel, ehe ich heiratete. Mein Mann war unmusikalisch. Herzensgut, aber unmusikalisch. Doch seit er tot ist, so früh gestorben...«, und die Sonate jubelte in den schnellen dritten Satz. Ich betrachtete Saras großen Körper und stellte mir den früh verstorbenen Mann vor. Wir tranken Tee, und dann saß Sara neben mir auf dem Sofa, sah mich über ihre Tasse mit ihren schwarzen schwimmenden Augen an, und wir sprachen über Musik und über Theater. Sie verehrte den Schauspieler Goldmann und war entzückt, daß er mein Freund war.

Wir sprachen und tranken Tee. Draußen prasselte unaufhörlich der Regen, und mit Schrecken vernahm ich die Signale, die mir ihr Frauenkörper gab.

Nachdem ich einmal damit begonnen habe, mich zu erinnern, sehe ich alles, als wäre es gestern gewesen. Ich erkenne die blaßblau verblichene Tapete wieder, das alte Klavier und den ganzen altmodischen Plunder des herzensguten, frühverstorbenen Mannes.

Das Zimmer hatte sich um mich wie eine blaßblaue Muschel geschlossen, es roch nach heißem Tee, verschlossener Wohnung und alternder Frau. Und ich saß dazwischen und meine Kleider waren noch vom Regen feucht. Mir war es kalt, und ich zitterte vor Neugier auf diesen großen Körper und zugleich aus Furcht vor meinem Ekel davor.

Als dann später die große heiße Handfläche der Frau auf meinem zitternden Handrücken lag, sprach sie nicht mehr von Musik und Theater, und alles ging seinen Gang an diesem Regennachmittag in Paris. Meine Neugier wurde befriedigt und meine Furcht beruhigt, denn der große Körper, den Sara mir zeigte, hatte keine schlaffen Falten und Wülste, vor denen ich mich gefürchtet hatte. Bauch und Schenkel waren große weiße Flächen wie Schneefelder und deutlich kühler als die Haut der Hände. Die großen Brüste waren etwas müde von vergeblicher Mütterlichkeit.

Seither war Sara meine Freundin. Es änderte unser Leben kaum.

Ich blieb in meiner Junggesellenwohnung im 9. Bezirk und Sara in ihrem blaßblauen ungelüfteten Muschelheim mit ihrem alten Klavier.

Das ist möglicherweise der Grund, daß Sara so lange

aus meiner Erinnerung herausgefallen war: Weil ihre gutmütige Fürsorglichkeit so unaufdringlich war.

Vergeblichkeit war in allem, was sie tat. Vergeblich ihr Besuch in meiner Vorlesung, vergeblich ihr Klavierspiel, vergeblich ihre Ehe mit einem herzensguten, doch unmusikalischem Mann, der wahrscheinlich aus Vergeblichkeit so früh gestorben ist. Damals, an diesem Regennachmittag, als ich zum ersten Mal die großen dunkelbraunen Warzen auf ihrer großen Brüsten sah, dachte ich, weshalb sich die Natur noch die Mühe gemacht hatte, in einer Zeit ohne Babys eine solche Brust zu bilden.

Sieben Jahre nach diesem Regennachmittag in ihrer blaßblauen Wohnung ist Sara an Brustkrebs gestorben.

11. August 2053 (nachmittags)

Um vier Uhr ist die Ente auf dem Tisch. Goldbraun schimmert die Haut, Orangenscheiben schmücken sie, Orangenstückchen schwimmen in der Soße.

Enten sind knapp in Paris. Sara mußte lange umherlaufen, nachfragen, betteln, bestechen, um diese Ente zu bekommen.

Und dann erst die Orangen: Im Gegensatz zu Enten wachsen die Orangen fern von Paris. Lange fiel das nicht auf, da war das Fernste gerade um die Ecke. Heute fehlen den Flugzeugen die Piloten, und Flugzeuge gibt es auch kaum mehr.

Mitten im einundzwanzigsten Jahrhundert steht das neunzehnte Jahrhundert vor der Tür, dicht gefolgt von der Steinzeit. Aber heute ist Geburtstag und es gibt Entenbraten in Orangensoße.

Um vier Uhr kommt Goldmann.

Seit drei Stunden arbeitet Sara schon in der Küche.

Sie ist eine gute Köchin, auch wenn sie nicht so großartiges wie Ente mit Orangen macht. Sie füllt meine Küche mit ihrer Köchinnenaura. Von einer Frau wie ihr, breite Hüften, schwere Brüste und Schenkel, erwartet man, daß sie unentwegt Nahrhaftes hervorbringt. Als ginge von ihr in diesen dürren Zeiten ein ferner Milchgeruch aus. Normalerweise hätte sie wenigstens fünf Kinder auf die Welt gebracht.

Sie ist die Urmutter von fünf ungeborenen Kindern!

Goldmann freut sich auf die Ente und schnuppert aufgeregt wie ein junger Hund.

Er ist wie jeder ernsthafte Schauspieler unprätentiös und macht aus seiner Täglichkeit keine Rolle. Außer, er ist Goldmann. Sein Gesicht ist immer offen, er trägt keine Maske. Das liebe ich besonders an ihm. Er, der sich jeden Abend maskiert, trägt keine Maske. Samuel Goldmann spielt heute nicht irgendeinen Samuel Goldmann, der sich auf Entenbraten freut: Samuel Goldmann freut sich auf Entenbraten.

Sara tranchiert. Ihre großen Hände arbeiten geschickt. Ein Bein fällt für mich ab, ein zweites für sie selbst, ein großes Bruststück vom Besten landet auf Goldmanns Teller.

Wir essen schweigend. Jeder widmet sich zunächst dem seltenen Geschmack.

Erst als sich alle Geschmackskapillaren mit Entenfleischsignalen und Orangensoßenelementen vollgesogen haben, eröffnet uns Goldmann bescheiden einen Grund, ein zweites Fest feiern zu können.

Er sagt: »Ich spiele den Lear. Letzte Woche haben die Proben begonnen.«

Ich weiß, daß es seine Traumrolle ist. Viele Schauspieler haben den Lear ihr ganzes Leben lang nicht gespielt.

»Der Lear ist jedesmal, und für jeden Schauspieler, der ihn spielt, ein Abschiednehmen. Auch für die, welche ihn oft spielen. Jedes Mal ist es eine weite Reise in die Ewigkeit. Ich habe lange darauf gewartet.«

»Du spielst den letzten Lear. Du spielst ihn für die ganze Menschheit. Besser gesagt: Es gibt nur noch Lears. Denn wir sind als Könige ziemlich heruntergekommen.«

»Da ist etwas dran«, antwortet Goldmann und kaut auf dem Fleisch der Entenbrust, »die Menschen haben ihr Königreich verloren, weil sie auf die falschen Töchter hörten und die echte Tochter verstießen.«

»Wer sind die falschen Töchter, von denen Sie reden?«, fragt Sara.

»Die eine heißt: ›Alles ist machbar‹.«

»Und die andere?«

Erst noch ein Stück Entenbraten. Dann: »›Kovet‹. Ja, Kovet heißt die andere falsche Tochter.«

»Ehrsucht heißt das«, übersetze ich leise zu Sara, denn ich kenne schon etliche Worte aus Goldmanns bisweiligem jüdischen Repertoire.

Währenddessen schaut er sehr nachdenklich auf die Reste auf seinem Teller und spricht dann wie probeweise zu sich selbst: »Das hat schließlich alle als Narren auf die Narrenheide gebracht. Erst mit der echten Tochter kommt das Königtum auf die Heide zurück, um im Winde und mit einem Rest von Intelligenz zu sterben. So ist es heute. So könnte es gehen«.

Eine Spielart, denke ich. Eine Art zu spielen. Paris ist schon lange die Heide der Lears, und wir drei machen gerade ein Picknick auf der Heide.

Der PÈRE LACHAISE ist die allerletzte Heide der Lears.

Die Lügentöchter sind tot, es gibt auch keine wahrhaftigen Töchter, und niemand spielt mehr. Nur ich bin noch da.

Der andre, der den Lear gespielt hat, liegt hier und stinkt seinen Tod aus.

Mich hält noch die Sonne am Leben.

8

Wenn ich alle anderen Jahre damit vergleiche, gehört das Jahr, in dem wir begannen, die Brunnen zu graben, zu dem aktivsten meines Lebens. Es belohnt mich zudem damit, daß ich jetzt neben meiner Grabwohnung einen Brunnen habe. Er bestätigt mir täglich, daß die von mir erfundene Vorsorge funktioniert hat.

Damals fragte man mich: »Wieso auf einem Friedhof?« und ich hatte geantwortet: »Gerade auf einem Friedhof braucht man einen Brunnen.«

Die Frage nach dem Sinn meines Lebens kann ich mir mit den Brunnen am plausibelsten beantworten, obwohl ich wirklich nicht weiß, weshalb ich noch immer eine solche Antwort suche.

Aber ich habe mich sogar einmal mit Goldmann über meine Brunnen gestritten.

Wahrscheinlich lag es daran, daß unsere Vorfahren zu einem dauernden Bedürfnis erzogen wurden, unter den vielen Möglichkeiten der Wahrheiten eine einzige zu finden, die dann alle anderen Leute für wahr und unumstößlich zu halten haben. Man führte lieber einen kleinen oder größeren Krieg, als zwei verschiedene Wahrheiten in der Welt zu lassen.

Es steckte vielleicht immer noch ein bißchen von diesen Atavismus in uns, als Goldmann und ich uns darüber stritten, was die einzig wahre Tat sei: Den Lear zu spielen oder die Brunnen zu graben.

Der Lear war seine Tat, die Brunnen waren die meine. Goldmann hatte den Gipfel seiner Kunst bestiegen und damit seinen Abschluß gefunden, wie Moses auf dem Berge Horeb. Ich dagegen war mit meinen Vorträgen bereits erschöpft, als ich auf die Idee mit den Brunnen kam.

Es gab nicht mehr viel Auswahl zwischen Staunen und Verzweifeln. Was das Staunen anging, war Goldmanns Lear größer. Die Sache mit den Brunnen gehörte dem Grunde nach mehr auf die Seite der Verzweiflung. Doch waren sie die allerletzte Herausforderung, und das war als Tat auch ein bißchen Staunen wert, meine ich.

Heute beginnen wir, den ersten Brunnen zu graben.

Als Standort habe ich den BOULEVARD CLICHY ausgesucht. Wegen des Gefälles hoffe ich auf günstige Wasserdruckverhältnisse nach Art der artesischen Brunnen, die eine Pumpenanlage überflüssig machen wird.

Das Bohrgerät habe ich in die Metrostation an der PLACE PIGALLE schaffen lassen. Wo früher die Touristen hinaufstiegen, um Paris bei Nacht so zu sehen, wie sie sich Paris bei Nacht vorstellten, stiegen nun ältliche, gerade noch rüstige Männer hinunter, Gestängezangen und Bohrköpfe in den Händen.

In der Morgendämmerung dieses Julitages haben wir zu arbeiten begonnen. Um zehn Uhr dreht sich das Bohrgestänge.

Als man anfing, die Metro zu bauen, war die Technik noch nicht so perfekt wie am Ende des zwanzigsten Jahrhunderts. Man hatte oft mit dem Grundwasser zu kämpfen gehabt. Heute suchen wir dort dieses Wasser. Und zwar mit Mitteln, die denen von damals ähnlich sind.

Im Tagebuch, zwei Tage später:

14. Juni 2054

Wir sind gleich an verschiedenen Punkten des BOULEVARD CLICHY fündig geworden. Wir können mit dem Ausbau des ersten Brunnens beginnen.

Das Wasser muß noch chemisch untersucht werden. Äußerlich scheint es sauber zu sein.

Das ist das verachtete Wasser, das die letzten Men

schen von Paris am Leben halten soll. Hoffentlich rächt es sich nicht für die Verachtung und tötet alle durch Cholera.

Doch ich warte keine Untersuchung ab.

Ich beuge mich über meine Quelle und trinke.

Insgesamt nahm das Brunnenprojekt mehrere Jahre in Anspruch und verlangsamte sich, je länger es dauerte.

Anfangs konnten wir vier Bohrstellen gleichzeitig betreiben. Denn ich hatte nach langem Suchen schließlich vier Firmen gefunden, die geeignete Geräte und ausgebildete Arbeiter hatten. Die Arbeit war schwer und wurde im gleichen Maße schwerer, in dem die Hilfsmittel versagten. Die Männer wurden älter, und viele machte diese Arbeit krank. Am Ende war nur noch eine Firma übrig geblieben, mit der ich meine letzten Brunnen grub.

Unsere Technik wurde von Jahr zu Jahr um Jahrzehnte, schließlich um Jahrhunderte primitiver. Die Geschwindigkeit wuchs, mit der wir uns dem Handwerk des Mittelalters näherten. Jede gebrochene Bohrstange, jeder Motorschaden wurde ein Abschied von der Zivilisation. Es war absehbar, wann wir mit Hacke und Schaufel arbeiten würden wie die alten Bettelmönche in ihren gotischen Klostergärten. Aber die Mönche wußten nicht, was eine Servolenkung war. Daß wir es wußten und trotzdem wie im Mittelalter arbeiteten, machte unsere Plagen größer als die der Mönche.

Damals arbeiteten wir noch komfortabel, beim ersten Brunnen an der PLACE PIGALLE.

25. November 2059

Scheußlicher Tag! Seit einer Woche bringt kalter Wind der Stadt Paris den Regen vom Atlantik. Die Hälfte der Arbeiter ist erkältet: Kranke und erschöpfte Männer.

Hundertachtzig Brunnen sind fertig.

Wir haben in fünf Jahren hundertachtzig Brunnen gegraben. Doch in meinem Plan stehen zweihundertfünfzig.

Wir schleppen uns mühsam von Baustelle zu Baustelle. Die letzten siebzig Brunnen stehen auf dem Papier. Ein Drittel von Paris wird unversorgt bleiben. Ich mache mir Vorwürfe, daß ich meine Zeit damit vergeudete, Leuten Vorträge gehalten anstatt für sie gesorgt zu haben.

Nun ist es zu spät. Ein Drittel von Paris wird keine Brunnen haben. Ich hätte früher beginnen müssen.

Andererseits: Zwei Drittel der Stadt haben Brunnen!

Es ist ein scheußlicher Tag.

Wir graben im Westen von Paris, wo mit dem Atlantikwind der Regen in die Stadt einfällt. Wir sind alle naß und durchgefroren.

Während sich das Bohrgestänge dreht, fallen mir die Olympischen Spiele ein. In dieser Gegend stand einmal das Olympische Dorf. Vor Jahren? Vor Jahrzehnten? Oder Jahrtausenden? Was macht den Unterschied?

Ich liebte eine afrikanische Speerwerferin. War ich damals der moderne junge Mann, für den ich mich hielt? Heute habe ich das Mittelalter auf dem Buckel, und an diesem fünfundzwanzigsten November zweitausendneunundfünfzig graben meine Unterweltlemuren im Regen nach Wasser.

Der Generator unseres Bohrturms tuckert und tuckert und steht still. »Wir haben kein Diesel mehr«, sagt ein Unterweltlemur.

Es kann Tage dauern, bis wir neues finden. Anwohner kommen und sind besorgt, weil die Maschine stillsteht. Man will Vorsorge, man leidet und bemitleidet sich und mich und die Arbeiter, weil wir kein Diesel mehr haben. Man diskutiert die Versorgungslage. Man vermutet, es gäbe in Häusern, die schon verlassen sind, noch Heizöl. Ich lasse mir die verlassenen Häuser zeigen.

Die meisten Öltanks sind leer, ausgebraucht oder schon ausgeplündert. Aus einem Haus wird ein Arbeiter von einem Rudel Hunde vertrieben. Er hat eine Bißwunde am Hintern und jammert.

Der Arbeiter jammert, der Regen fällt und der Generator steht still.

Endlich Vollzugsmeldung. In einem Tank sind noch ein paar hundert Liter Heizöl. Das Öl ist alt und schmutzig und ich mache mir Sorge, den Motor zu ruinieren.

Doch der Generator läuft wieder. Er klingt beleidigt, aber das Gestänge dreht sich wieder.

Am Nachmittag bricht ein Meißel. Bohrmeißel sind kaum mehr zu beschaffen. Ich habe nur noch einen kleinen Vorrat.

Bald wird es entweder keinen Brennstoff oder keine Meißel mehr geben. Und kein Gestänge und keine Gewindemuffen und keinen gehärteten Stahl. Bald wird es nur noch Hacken und Schaufeln geben und Männer, die zu alt sind, um Schaufeln und Hacken zu halten.

Dann wird unsere Arbeit enden, ich werde besiegt sein wie ein General, dessen Schlachtplan gut ist und nur nicht funktioniert, weil er keine Truppen und keine Munition mehr hat. Doch ich werde nicht, wie ein General, diese Ausrede gelten lassen.

Morgen werden wir weitergraben an unserem hunderteinundachtzigsten Brunnen. Morgen werden wir Wasser finden.

Dann graben wir unseren hundertzweiundachtzigsten Brunnen auf dem PÈRE LACHAISE. Friedhöfe werden bis zuletzt gebraucht.

Ich fühle mich wie Adam jenseits des Paradieses. Wir

werden graben und graben. Adam wurde unzählige Male besiegt, immer wieder. Wie heute, als der Meißel brach.

Ich fahre mit dem Bohrtrupp auf unserem offenen Lastwagen in die Stadt. An der OPÉRA steige ich ab und gehe zu Fuß nach Hause.

Es regnet immer noch und der Himmel ist voller schmutziger Wolken.

Es ist ein scheußlicher Tag.

Wir haben noch sieben weitere Bunnen geschafft, das ganze Jahr 2060 hindurch. Die letzten drei gruben wir mit Hacken und Spaten. Dann gaben wir auf.

Ein Teil der Stadt war mit Wasser versorgt. Aus den unversorgten Bezirken würden die Bewohner zu benachbarten Brunnen kommen, wie Tiere in der Wildnis zu entfernteren Wasserlöchern.

Wieder war es Spätherbst, als wir auf Grund stießen, ehe der Frost unsere Arbeit überholte. Alte Männer mit Hacken in schwieligen Händen hatten es noch einmal geschafft. Ich war sehr stolz auf diese alten Männer. Ich sagte zu ihnen, sie hätten das letzte Denkmal der Menschheit gebaut.

Goldmann, mein Freund, hat diesen Stolz nicht verstanden. Es wäre deshalb zwischen uns fast zum Streit gekommen.

Denn ich liebte meine Männer, die diesen einhundertachtundachtzigsten Brunnen gruben, den kleinsten, den unbeholfensten, den letzten.

Ich habe es aufgeschrieben, worüber Goldmann und ich uns stritten.

4. Dezember 2060

»Ich wundere mich, daß die Menschen, die es noch gibt, sich nicht einfach hinlegen und sterben«, sagt Goldmann mit seiner kräftigen Bühnenstimme und schaut über den Rand des Brunnens, auf dessen Sohle einige alte Männer mit Spitzhacken den Grund bearbeiten.

Goldmann hat mich auf der Baustelle besucht. An der Comédie Français wird nicht mehr gespielt. Bisweilen finden dort noch Leseabende statt. Goldmann liest Verlaine und Baudelaire, wo er zuvor den Theseus und den Lear spielte: *Ein letzter Strahl in goldner Sonne, bestenfalls.*

Heute ist Goldmann unausstehlich pessimistisch und taktlos, denn er brüllt so laut, daß es die alten Männer auf dem Grund des Brunnens hören können. »Wofür leben sie? Wofür hacken sie, rackern sie? Wenn sie im vorletzten Akt gestorben wären, brauchten wir im letzten Akt diesen Brunnen nicht mehr. Machte das einen Unterschied?«

»Doch«, sage ich wütend. »Wir leben. Das ist der Unterschied. Wenn wir tot sind, ist alles aus. Aber die alten Männer, von denen du meinst, daß sie nach Hause gehen und sterben sollen, zusammen mit ihren Frauen, wenn sie noch Frauen haben, können selbst vom Grund dieses Brunnens einen kleinen runden Ausschnitt des kalten Himmels sehen. Doch nur solange sie leben, können sie ihn sehen.«

»Und wenn schon. Du läßt sie mit ihren letzten Kräften hacken, als wäre es ein Jahrtausendwerk. Wo nehmt ihr eigentlich noch die Energie dazu her? Es gibt doch keine Zukunft.«

»Aber es gibt Gegenwart, du Idiot. Weshalb liest du denn noch immer Gedichte in der Comédie. Und vor allem, weshalb kommen immer noch Leute, um dir zuzuhören, wenn es keine Gegenwart gibt? Sag ihnen doch, daß sie in den brüchigen Plüschsesseln da unten überflüssig sind, und daß vor allem du an deinem Lesepult überflüssig bist. Sag ihnen, sie sollten nach Hause gehen und sterben, und mache es ihnen auf deiner Bühne vor, wie man als Held stirbt. Du bist doch schon hundertmal auf dieser Bühne als Held gestorben, aber dann bist du als Samuel Goldmann hundertmal wieder dagewesen, vor dem Vorhang beim Schlußapplaus«.

Goldmann ist sprachlos, weil ich so wütend bin.

Ich sage: »Der einzige Unterschied ist, daß keine Kinder an unseren Gräbern stehen. Doch wenn wir erst in den Gräbern sind, macht das auch keinen Unterschied mehr für uns. Du hast dich doch immer als Einzelgänger bezeichnet, hast dein Einzelgängertum behütet wie ein Einsiedler seine Klause, und jetzt besuchst du mich bei meinem Vorsorgewerk und redest so, als ob ausgerechnet dir die Zukunft deiner Kinder fehlen würde, während diese braven Männer da unten für das Überleben ihrer Mitmenschen graben.«

Samuel Goldmann sieht mich traurig an, mit geübter Bühnentraurigkeit. Nach einer langen Pause, in der man nur das Schürfen der Schaufeln im Brunnen hört, antwortet er: »Du hast recht. Ich hätte wahrscheinlich nie Kinder haben wollen. Ehefrau, Kinder, Familie, alles das wäre zu nah um mich herum gewesen. Aber das heißt nicht, daß ich den *Sinn* von Frau, Familie, Kindern nicht begreife. Auch wenn ich nicht traditionell bin, heißt das nicht, das ich den *Sinn* Gottes nicht begreife. Kinderlos sind heute alle. Ich bin aus Prinzip kinderlos. Das stimmt. Das sind nicht alle. Aber Zukunft ist eine Art von Zeit, die man nur in Kindern begreifen kann, weil man sonst keine Phantasie hat, sie sich vorzustellen. Ewigkeit ist hingegen eine unbegreifbare Zeit, die sich niemand vorstellen kann. Deshalb versuchen wir – wir Juden jedenfalls –, sie durch Gott hindurch zu begreifen, der unsichtbar ist und von dem wir uns kein Bild machen dürfen. Diese unsichtbare Zeit, die du Ewigkeit nennst, ist ein Teil dieses unsichtbaren Gottes. Das ist kompliziert. Zu jüdisch kompliziert für einen, der kein Jude ist.«

Goldmann zieht ein kleines Gebetbuch aus der Tasche und schlägt es auf. Ich wundere mich, daß er, der immer sagt, daß er nicht fromm sei, ein Gebetbuch in der Tasche trägt.

»Siehst du«, sagt er und zeigt auf zwei Worte in hebräischer Schrift, »da steht, daß *Gott von Geschlecht zu Geschlecht* regieren wird. Und hier steht, daß *Gott ewig* regieren wird.«

Goldmann zeigte auf zwei Zeilen in hebräischen Buchstaben, die ich nicht lesen konnte.

»Diese Sätze gehören zu den Segenssprüchen nach dem Achtzehngebet. Aber verstehst du den Zusammmenhang dieser Sätze? Das ist eine unbrechbare Einheit. Auf der einen Seite die Sichtbarkeit im scheinbar ewigem Fluß der Generationen und andererseits die Unsichtbarkeit Gottes. Jetzt läßt sich diese Zeit nicht mehr in sichtbaren Generationen von neuen Kindern zählen. Ich war selten im Tempel. Erst jetzt habe ich diesen Satz in diesem Buch wiederentdeckt und erkannt, wie seine Einheit gebrochen ist. Daß die Zukunft zu Ende und das Ende da ist.«

Ich finde Goldmanns Endzeitphilosophie kompliziert, jedenfalls in diesem Augenblick. Ich grabe Brunnen, basta!

Ich sage: »Auch als es noch Kinder gab, endete jedes einzelne Leben mit einem einzelnen Tod. Was, zum Teufel, ist daran so anders gewesen als heute. Nicht einmal der Nachruhm hielt ewig von Geschlecht zu Geschlecht. Die Académie Française, die Unsterblichen:

Kennst du sie alle? Nein? Schöne Unsterblichkeit für Genies ist das. Und wer ist schon ein Genie? Der kleine Buchhalter kippt vom Stuhl und ein anderer setzt sich darauf und rechnet an der Stelle weiter, wo der vorige aufgehört hat. Das ist zum Beispiel von Geschlecht zu Geschlecht auf buchhalterisch.«

»Es gibt noch mehr, als deine Schulweisheit dich rechnen läßt, falls du die Endzeit nur auf buchhalterisch beschreiben kannst«, sagt Goldmann.

Ich fühle mich wie ein Banause.

»Wir sind auf Wasser, Herr Ingenieur!«, kommt eine Stimme aus der Tiefe des Schachtes. Die Stimme klingt hohl.

Ich freue mich nicht. Ich sehe Goldmann vor mir stehen und freue mich nicht. Wäre nicht dieser alte Schauspieler gekommen, der keine Stücke mehr spielen kann, weil es keine jungen Schauspieler mehr gibt, hätte ich mich sicher über den neuen Brunnen gefreut.

Und ich weiß, daß Goldmann recht hat. Er hat recht mit seinem Pessimismus über ein zerbrochenes Gebet.

Nur die Bauwerke werden übrig sein, wenn es keine Menschen mehr gibt. Die Dramen, die keiner mehr spielt, die Musik, die niemand mehr hört, sind dann keine Dramen und keine Musik mehr. Vielleicht würde ihre Vergeblichkeit andauern, immer noch Dramen und Musik sein zu wollen.

Aber die Bauwerke würden noch wirklich sein, denn auf den Türmen wohnten Vögel und in Kirchenschiffen die Ratten.

Die Menschen haben ihre Türme für Türme und ihre Dome für Dome gehalten, doch die Vögel würden Türme für Nistplätze und die Ratten Dome für Schlupfwinkel halten, wenn es regnet. Ein Turm, den kein Mensch mehr für einen Turm halten kann, ist ebensowenig ein Turm wie unhörbare Musik Musik ist. Selbst wenn vorläufig noch die Türme wie Türme dastehen, ist es mit ihnen als Türmen vorbei.

»Wir sind auf Wasser, Herr Ingenieur!« ruft noch einmal der Mann vom Grund des Brunnens. Es klingt fröhlicher als vorhin.

Aber statt die Freude in der Stimme des Mannes zu hören, spüre ich nur die Gleichgültigkeit dieses Planeten. Bewußtlos treibt die Erde in der Vielzahl der Planeten. Nur für die Menschen ist die Erde die einzige Erde. Und die Menschen sterben aus.

Weil Goldmann mir die Freude verdarb, habe ich die Lektion am Brunnenrand begriffen.

Der steckt sein kleines schwarzes Gebetbuch in die Tasche und geht.

Ich steige in den Brunnenschacht.

Meine Jugend habe ich mit Lernen zugebracht, den größten Teil meines Lebens mit Schwätzen und fünf Jahre mit meinen Brunnen. Weil es außer Schwätzen nicht mehr viel zu tun gab, war das Graben schon aus diesem Grunde eine Tat.

Früher brachte man Taten mit der Ewigkeit oder wenigstens mit der Geschichte in Verbindung. Goldmann hat mir am Brunnen meine Lektion in Sachen Ewigkeit gegeben. Damals sprach er von den zerbrochenen Relationen zwischen der Zukunft-Zeit und den Menschen.

Später schien er mit seiner Abrechnung mit der Ewigkeit noch weiter gekommen zu sein.

Es war nach unserem Streit am Brunnenrand, als er zu mir sagte: »Ewig war die liebste Vokabel vor allen Altären. Seit man das Wort nicht einmal mehr ausspuckt, stellt sich heraus, daß man, wenn man Gott sagte, in Wahrheit sich selbst meinte.«

Schauspieler haben ohnehin ein schwieriges Verhältnis zur Ewigkeit, es ist ihre angeborene Malaise. Sie haben wahrscheinlich zu viele Existenzen, um sich in einer einzigen ewig zu fühlen. Das ist so etwas wie eine Psychose. Die Nachwelt schlingt dem Mimen keine Kränze. Für die Schauspieler endete der menschliche Ewigkeitsanspruch wahrscheinlich immer schon ein bißchen mit dem täglichen Bühnenabgang in der Garderobe. Während alle anderen ihren Ewigkeitsverlust kollektiv erlebten, war es für Goldmann ein individueller Verlust.

Deshalb konnte er wahrscheinlich gar nichts anderes mehr, als von Ratten zu sprechen, die unsere Art von Ewigsein in den Kirchenschiffen ablösen würden, wenn wir erst einmal diese Kirchenschiffe verlassen hatten. Anstatt die sinkenden Schiffe der Menschen zu verlassen, beträten sie die Kirchenschiffe der sinkenden Menschheit. Das war eine Metapher, die ihm für seine Inszenierung des Schlußaktes gefiel. Ich spiele mit meinen Brunnenbauern darin keine Rolle mehr. Doch niemals würden die Ratten mit ihren kleinen Pfoten applaudieren. Die Ratten sicher nicht.

Jedoch die Brunnen gehen. Mein Brunnen auf dem PÈRE LACHAISE geht. Er gibt mir zu trinken und bewässert mein kleines Feld.

Als ich meinen Plan vorlegte, fragten mich die Ratsherren: »Warum auf einem Friedhof?«

Und ich antwortete: »Gerade auf einem Friedhof. Das werden unsere Wohnorte.«

»Da braucht doch niemand mehr Wasser.«

»Wer weiß das«, sagte ich damals, »wer weiß?«

Goldmann und ich wußten es schließlich, als wir hierher zogen. Wir waren die Letzten.

9

Während ich mich erinnere, fällt mir mein Tagebuch zu Boden und öffnet eine beliebige Seite.

Ich hebe es auf und bin neugierig, was es mir zu lesen gibt:

21. April 2060

Es beginnt wieder Frühling zu werden in Paris. Die Frühlinge sterben nie aus. Sie werden nach jedem Winter mit neuen Blüten neu. Die Frühlinge dieser Erde sind eine wunderbare Idee. Und ich bin sicher, daß sie an einem anderen Weltort Blüten treiben, wenn eines Tages diese Erde in das Schwarze Loch der Sonne fällt.

Meine Arbeit an den Brunnen ist beendet. Sie wurde nicht vollendet, sondern sie ist am Mangel gestorben. Aber was wurde schon vollendet? Die Geschichte der Menschen ist eine Geschichte der Beendigungen.

Es macht Spaß, wilde Blumen in ungepflegten Gärten zu sehen. Gänseblümchen, Wicken und den Löwenzahn, der bald weiße Samenpollen bildet, die sich wie kleine Fallschirme dem Wind anvertrauen.

Der Frühling tröstet mich immer und macht mich kinderleicht.

Und ich habe Sara: Sie ist über sechzig Jahre alt. Unsere Körper sind alt. Es gibt keine jüngeren Körper mehr. Wir schlafen miteinander. Wir tun es nicht oft, aber es ist noch etwas Lust in unseren alten Körpern gespeichert.

Meine jetzige Lust ist ein anderes Wissenwollen als die neugierige Lust meiner frühen Jahre. Damals war es ein großer Aufbruch, ohne von der Stelle zu kommen. Sara ist die Rückkehr. Ich bewege mich. Es gibt ein Rückwärtskommen.

Die schwere Trägheit ihres Körpers hüllt mich ein, das warme Fleisch der Arme, die Schenkel und die schweren Brüste. Es umhüllt mich warm wie einen Embryo. Meine Rückkehr, wenn ich mit Sara schlafe, bewegt mich so weit von mir fort, daß ich heimkomme in einen Mutterschoß. Aber:

Es gibt keine Mütter mehr!

Ich denke, im Rückwärtsgehen liegt die Sehnsucht, neu zu werden. Nicht zu zeugen, gewiß nicht zu zeugen, sondern selbst immer neu zu werden.

Ganz ist die Sehnsucht nach Ewigkeit in den Menschen nicht erloschen. Sie haben ihre Ewigkeit von ihren Göttern, indem sie ihre Götter erfanden. Wahrscheinlich erfand schon der erste Mensch den ersten

Gott, so groß war diese Sehnsucht. Wie sagte Goldmann: *Von Geschlecht zu Geschlecht!* Damit ist es aus. Aber nicht mit der Sehnsucht danach, obwohl man nicht davon redet und das Wort Ewigkeit für obszön hält. Das Leben, das man früher weitergab, möchte man mehr und mehr für sich selber festhalten.

Trotz größer werdender Entbehrungen leben überhaupt noch Menschen, und sie leben länger als in den Jahren, bevor das große Aussterben begann.

Zuerst waren die Menschen sehr unsicher, weil sie von den Göttern, die sie erfunden hatten, enttäuscht wurden. Die Zeit der Götterdämmerung war eine schwierige Zeit. Entweder wollte man sterben oder im letzten Augenblick noch erfahren, was den Menschen in der langen Zeit ihrer Entwicklung entgangen war. Todessehnsucht und Wißbegierde hielten sich die Waage. Jetzt ist die Todessehnsucht völlig verschwunden. Wir Alten haben es hinter uns. Wir haben die letzte Flußschleuse passiert. Vor uns liegt nun der uferlose Ozean.

Dominique hatte den richtigen Instinkt, der ihr den Impuls gab, mit einem Motorrad zum Ozean zu rasen. Nur das Rasen war falsch gewesen. Das Rasen war die Unruhe, die Sehnsucht nach ihrer Rückkehr zum Ursprung, den ihre Eltern reisend und rasend im Meer gefunden hatten.

Auch ich möchte mit Sara zum Meer. Nicht an ein Motorrad angeklammert, sondern mit ihr gemütlich zum Meer hingleiten wie zwei Schnecken. Das wäre wie die Umschlingung unserer Körper: Vorwärts kriechen und dabei zurückkehren.

Meerestiere wissen es noch: Krebse gehen rückwärts, wenn sie vorwärts kommen wollen. Wir haben den Rückwärtsgang verlernt. Nun ist es ein Krebsgang, in dem wir uns bewegen.

Die Zeit wäre ein formloser Klumpen Ewigkeit, wenn es nicht die Gestirne gäbe. Das war so ein Fetzen Goldmannscher Überlegung. Als ich nachfragte, sagte er: »Der Weg der Erde um die Sonne. Der Gang des Mondes um die Erde. Die Prächtigen rechnen die Zeit nach der Sonne, die Klugen nach dem Mond.«

Ich weiß immer noch nicht, was er mit den Klugen und mit den Prächtigen meinte. Wahrscheinlich war es eine seiner jüdischen Anspielungen. Doch mit der Zeitmessung hatte er recht. Ohne die Astronomen könnten wir die Zeit nicht rechnen. Sie wäre hingeworfen wie ein einziger Klumpen Fleisch, den wir verschlingen müßten.

Übrigens, Goldmann hat oft etwas von einem Propheten, nicht nur, wenn er den Prospero oder den Lear spielt.

Diese Eintragung in meinem Tagebuch bezeichnet einen wichtigen Übergang.

Die sechziger Jahre waren für die noch lebenden Menschen eine Überschreitung. Man näherte sich im Rückwärtsgang den zivilisatorischen Grenzen und keiner wußte so genau, wann man hinüber war.

Obwohl mir damals aufgefallen war, daß sich die Sterberate verringert hatte, lebte zu dieser Zeit höchstens noch ein Zwanzigstel der Bevölkerung, die es am Anfang des Jahrhunderts auf der Erde gab. In Paris wohnten möglicherweise noch dreihunderttausend Menschen, genau wußte das keiner, da seit zweitausendundsechzig keine Todesfälle mehr amtlich registriert wurden.

In die Häuser der Verstorbenen zogen Hunde, Katzen und Ratten ein. Man beachtete es nicht einmal. Denn die Leute, die lebten, hatten sich eingewöhnt. Sie liebten wirklich das Leben, das sie noch hatten.

Ich gehe zu dem Brunnen und hole Wasser für mein kleines Feld. Es hat zehn Tage nicht mehr geregnet, die Pflanzen müssen begossen werden.

Die Sonne ist heiß.

Ich vermisse Goldmann. Weshalb konnte er nicht wenigstens bis zum Winter warten, ehe er starb? Geholfen hat er mir fast nie. Doch er war mein Freund.

Es war schön, ihn sprechen zu hören. Seine Bühnenstimme trug ihren Klang über den Friedhof. Es war, als spreche er mit den Toten. Die schöne Stimme, die nicht alterte, die so klar war wie ein scharfer Gedanke, hielt mein Denken frisch. Seit Goldmann schweigt, fühle ich mich sehr alt. Aber ich lebe. Ich lebe und bin der Letzte.

Warum konnte Goldmann nicht bis zum Winter warten? Dann wären wir vielleicht zusammen gestorben.

Doch auch er hat es lange ausgehalten. Er hat die lange Vergeblichkeit ausgehalten, der letzte Schauspieler zu sein, und war großartig. Er gibt mir bis heute zu denken. Und ich denke in letzter Zeit viel über das Spannungsfeld nach, das zwischen dem Sinn des Daseins und der Vergeblichkeit entstanden ist. Das Nachdenken über dieses Thema ist ein perfekter Motor.

Das heißt, es war ein perfekter Motor. Denn in diesem Spannungsfeld entstanden die Zweifel, die Verzweiflungen, die Überwindungen der Verzweiflungen und die Antriebe. Wir meinten, einen Motor mit einem auf Ewigkeit angelegtem Brennelement zu haben, ein Perpetuum mobile, das Genies und Selbstmörder von Geschlecht zu Geschlecht antrieb, wie Goldmann sagte.

Wäre nicht das Virus dazwischengekommen.

Heute bewege ich mich nur noch zwischen Gräbern, pflanze Möhren und Salat und ließ hundertneunundachtzig Brunnen graben.

Immer diese Brunnen im Hirn und die Mühe mit den Möhren.

Wenn ich an diesen Brunnen neben meiner Grabwohnung denke, erinnere ich mich entweder daran, wie wir ihn damals gruben, oder ich fürchte, daß er bald versiegen könnte. Erinnerung ist Vergangenheit, Furcht ist Zukunft. Gegenwart kommt selten vor. Ein Liebesakt war Gegenwart gewesen, doch wie ich mich erinnere, störte auch da bisweilen vorher oder nachher Vergangenheit und Zukunft.

Ausgerechnet über die Fragen der Zeit hatte ich mich damals mit Goldmann gestritten. Und jetzt wird mein Blick bis zum Schielen in beide Richtungen auseinander gezerrt, wenn ich an meinen Brunnen denke.

Ich weiß, daß Goldmann recht hatte, als er die alten Männer im Brunnenschacht kränkte: Seit die Viren gekommen sind, ist die Gegenwart Vergeblichkeit.

Doch nach dem Augenblick wurde schließlich nur noch selten gefragt. Bis der Liebesakt aus der Welt verschwand, hatte man sich schon daran gewöhnt, daß die Gegenwart vergeblich war. Und als die Männer noch potent waren, war Vergeblichkeit allenfalls eine Angstpsychose, die bisweilen in ihre Geschlechtsteile kroch und dort Unbehagen machte.

Nach der Großen Impotenz arrangierte man sich langsam mit seiner persönlichen Vergeblichkeit. Das eigene Leben trat an die Stelle der Fortpflanzung. Jeder war ein einzelner Mensch geworden, und nicht mehr Teil der Menschheit. Es dauerte Jahre, bis man es konnte.

Ich lebte noch in einer künstlichen Gegenwart, damals, als ich Goldmann den Brunnen als meinen Lebensbeweis vorführte. Er war mir voraus. Andererseits, er spielte zu dieser Zeit schon lange keinen Lear mehr, und ich war noch mitten in meiner Arbeit.

Jedenfalls, als die Menschen gelernt hatten, für sich

zu leben, als die Zeit der Siegfriede und Kolumbusse, der berühmten Schauspieler und der Brunnenbauer vorüber war, verlängerten sie ihre Gnadenfrist auf Erden. Nachdem sich ihnen die Frage nach der Vergeblichkeit des Daseins nicht mehr stellte, leben sie fast so glücklich wie die Tiere in unserer Zeit, die die Furcht vor ihren grausigen Zuchtmeistern verloren hatten.

Am Ende der Endzeit war das Paradies nicht so, wie es sich die Menschen tausende von Jahren hindurch vorgestellt hatten, doch der Apfel hing scheinbar ungebraucht wieder am Baum der Erkenntnis.

Ich sehe zwei junge Hunde durch mein Gemüsebeet jagen und ein Kaninchen hinaustreiben. Es ist ein weißer und ein kleinerer schwarzer Hund. Der weiße sieht wie ein Eisbär aus, der schwarze spitzohrig wie ein kleiner Wolf. Ich freue mich an ihren schönen Bewegungen, an der gestreckten Haltung ihrer Körper, am Anblick dieses beweglichen Lebens. Die Hunde bemerken mich nicht.

Ich bin schläfrig. Im Halbschlaf höre ich, wie das Gebell sich entfernt.

Ich habe einige Stunden in der Sonne geschlafen. Ich überlege, wie weit wir uns in unseren Träumen von unseren Körpern entfernen. Nicht sehr weit, glaube ich, denn jedes Geräusch oder jede Berührung bringt uns sofort wieder zu uns zurück. Ich versuche, mir meinen Tod so vorzustellen: Ich würde mich im Schlaf einmal so weit von mir entfernen, daß ich nicht mehr zu meinem Körper zurückfinden könnte.

Jetzt bin ich wach. Der Schlaf in der Sonne hat mir gutgetan.

Meine Haut ist ledern geworden, seit ich ständig im Freien lebe. Die Erde vor meinem Häuschen ist mein Wohnplatz, aber das Häuschen ist nach Bauweise und Bestimmung ein Grab.

Ich finde es für einen Geologen beziehungsvoll, dicht an der Erde zu wohnen.

Für den armen Goldmann machte es keinen Sinn. Ein Schauspieler braucht den Innenraum, wenigstens das Rund einer Arena, und akustische Reflexionen. Er braucht Umhüllungen, wie den Applaus, und nicht Sonne und Regen, sondern künstliches Licht und gemachtes Regengeräusch. Hier hat er gelitten.

5. Oktober 2054

Ich spiele mit Goldmann Schach, aber wir sind beide nicht auf das Spiel konzentriert. Wir bewegen die Figuren etwas ziellos. Lieber möchten wir uns unterhalten. Doch das Schachbrett schiebt immer wieder das Gespräch zurück. Wir haben uns auf das Schachspiel eingelassen. Aber eigentlich wollen wir reden.

Schließlich sagt Goldmann lustlos »Remis«, ohne es zu sein. Ich packe die Figuren ein, während Goldmann schweigt.

Endlich beginnt er davon zu reden, worüber er schon während seines unkonzentrierten Schachspiels sprechen wollte.

»Ich wundere mich, daß heute niemand mehr von einer Strafe Gottes spricht. Oder Strafe des Himmels. Oder Tat des Teufels. Oder Tat und Strafe einer anderen höheren Instanz, die sonst in diesen Fällen immer so bereitwillig zur Hand war. Wir nähern uns doch wieder dem Mittelalter, nachdem die Zivilisation nichts mehr taugt. Damals haben die Leute Veitstänze aufgeführt, und die Prediger schürten ihnen die Höllenfeuer. Und jetzt haben wir die totalste Strafe, doch keiner redet davon.«

Dann gibt Goldmann sich selbst die Antwort: »Die Pfaffen haben immer die Strafe mit der Absolution zusammen angeboten. Anders machte es für sie keinen Sinn. Wer die Verdammnis verwaltet, verwaltete auch die Erlösung. Ehe es die Aufklärung gab, kam kein Mensch dahinter, daß Verdammnis stets gegen Erlösung tauschbar war. Es verhielt sich damit wie mit Geld und den Brötchen. Man hatte Hunger und Geld, ging zum Bäcker, bekam die Brötchen, und der Hunger war weg. Der Bäcker heilte kostenpflichtig den Hunger, wie die Pfaffen gehorsamspflichtig die Angst vor der Verdammnis heilten. Der Bäcker hatte ein reelleres Geschäft, weil die Sünde ein böses Gerücht war. Oder es verhielt sich so wie mit den Kindern und dem Schwarzen Mann. Die Eltern boten den Kindern den Schwarzen Mann zugleich mit seiner Vertreibung an. Der Wertausgleich für Schutz vorm Schwarzen Mann waren auch Gehorsam und Unterwerfung. Und nie hätten die Kinder von ihm ein Wort gehört, wenn es ihn wirklich gegeben hätte.«

»Und jetzt gibt es den Schwarzen Mann?« frage ich.

»Jetzt gibt es ihn. Als wir mit unseren Denkmaschinen am unfehlbarsten dachten, als das beschränkteste Kind auf der Welt nicht mehr an ihn glaubte, als Geißeln nur noch in einer Sexshow verwendet wurden, als alle Intellektuellen mit dem Wechselspiel von Verdammung und Erlösung endlich aus dem Schneider waren, da kam aus unser aller Mitte der Schwarze Mann heraus und sagte schlicht: ›Hier bin ich. Jetzt ist es aus‹. Und dabei hatte er, bei Licht besehen, ebensowenig mit dem Zorn oder der Hilfe oder der Gnade Gottes zu tun wie alles, das bisher geschah. Wir merkten es, weil zum ersten Male der Schwarze Mann, dieses Große Aus, *wirklich gekommen war.* Und das Große Aus war nicht die Posaunenstimme Gottes, sondern das Echo in uns, verstärkt mit allen elektrischen Verstärkern der Erde. Mit Gott hat alles so viel zu tun, wie die Geißel und die Veitstänze mit ihm zu tun hatten.«

Ich wundere mich immer wieder über das ambivalente Verhältnis Goldmanns zu Gott. Ich glaube, daß es ihn piesackt wie ein Schmerz. Wahrscheinlich widerfuhren Goldmann seine vertrackte Gottesnähe und Gottesferne jeweils wie rheumatische Anfälle.

Ich kann als Geologe dagegen ebensowenig tun, wie ich etwas gegen echtes Rheuma hätte tun können. Denn ich bin kein Pfaffe, kein Rabbi und kein Arzt.

Das ist über dreißig Jahre her. Warum ist mir das jetzt alles so nah, diese fast theologischen Erörterungen.

Immer ist es *fast* gewesen, diese Bilanz zwischen Verdammung und Erlösung, bei der unterm Strich Gott herauskommen sollte, und die sich in den Behörden ihrer Buchhalter, der Päpste, Ayatollahs, Imame und Bonzen, bezahlt machte. Fast theologische Erörterungen, die Goldmann umtrieben und schließlich zu der schrecklich einfachen Erkenntnis brachten, daß in der gesamtmenschlichen Bilanz die Erlösungsseite durch die Viren ausradiert war.

Und das hätte daran gelegen, sagte er, daß es nun keine Sündenspalte mehr in der Bilanz gab. Das Lieblingsinstrumentarium der Päpste, Ayatollahs, Imame und Bonzen war weg.

Wenn es bei den Menschen nach dem Tag der Viren noch ein Bewußtsein von Sünde gegeben hätte, dann hätten sie sich gewiß auf die Strafe Gottes gestürzt. Aber Gottes Strafe war nicht mehr in die Pleite der Menschheit einzubringen, denn wenn es den vielzitierten Teufel aus den Märchen und verwandter Literatur wirklich gegeben hätte, so wäre er schon längst nicht mehr hinter den Menschen her. Jetzt wäre er ihnen kilometerweit voraus und von hinten nicht mehr zu sehen.

Ich betrachte nochmals das Datum meiner Eintragung: 2054. Es hätte auch 1554 heißen können. Die Zeitmaschine arbeitete rapide rückwärts.

In bin der Steinzeit nah, an die steinerne Mauer meines Mausoleums gelehnt und lebendig fossiliert.

Recht, Richter, Gerechtigkeit, rechten, herrichten, hinrichten, Gericht, Jüngstes Gericht. Ich rede diese Worte vor mich hin und finde dabei heraus, wie sehr alle diese Begriffe miteinander zu tun hatten und aufeinander angewiesen waren.

Ich denke, daß es mit der Sprache ebensolange gedauert hat wie mit den Göttern, die sich die Menschen machten. Erst als die Sprache die Schwerkraft der Logik gewann, hörten die Menschen die Stimmen ihrer Götter. Sie hätten sie aber nicht hören können, ohne zuvor die Schwerstarbeit der Sprachschöpfung geleistet zu haben.

Denn hätten die Menschen Gott gefühlt, ohne ihn als *Gottes Wort* in ihrer Sprache zu verstehen? Ich glaube, Goldmanns gedankliche Ambivalenz resultierte letzten Endes aus dieser Frage, auf die er bis zu seinem Ende keine Antwort gefunden hat.

Die Hunde auf dem Friedhof bellen. Ist das ihre Sprache? Sie verständigen sich, gewiß verständigen sie sich, es gibt viele Zeichen in der Bewegung ihrer Ohren, Nasen, Lefzen. Viele verstehe ich inzwischen, doch ich kenne nicht alle, wie ich in einer fremden Sprache dieses und jenes, aber nicht alles verstehe.

Jetzt kreisen die Hunde ein Kaninchen ein. Sie verständigen sich in schnellen, hohen Tonlagen: Jagdsignale.

Die Menschen kultivierten das zu Hörnerschall und machten eine Tötungsmusik daraus. Hunden liegt eine solche Metaphorik nicht. Die Artikel fehlen ihnen, das substantivische Denken. Ihr Kaninchengejaule bestimmt nicht *das* Kaninchen.

Nicht mit dem aufrechten Gang, sondern mit der Sprache fing die Menschheit an. Und mit der Sprache hört sie auf. Wenn ich sterbe, wird kein Wort mehr gebraucht.

Oder vielleicht doch? Wie denken Hunde anders an Kaninchen als durch irgendetwas, welches, entfernt von menschlicher Sprache, Kaninchen heißt? War die Kathedrale menschensprachlicher Logik so gewaltig, daß sie alle Menschen in sich hineinschlang und dann mit ihren festungsartigen Mauern den Blick ins Offene verdeckte? *Ist letztendlich die Sprache Gott gewesen?*

»Sag Kaddisch«, sagte Goldmann.

Hatte er Angst, daß es keinen Gott außerhalb der Sprache gäbe, und er ohne gesprochene Worte mit leeren Händen ankäme? Ich würde ihn gerne fragen.

Aber er liegt im kleinen Haus gegenüber der Straße und ist sprachlos.

Die Hunde haben das Kaninchen nicht gefangen. Ihre Bellrufe verlieren sich in südlicher Richtung.

Daß ich durch Goldmanns Tod nun seine Stummheit ertragen muß. Dieses Schweigen von vis-à-vis der kleinen Gräberstraße, erdrückt mich.

Das Dasein hat viele Erscheinungsformen. Seine Nächsten nimmt man in ihren Facetten wahr, man liebt diese oder jene Facette, andere haßt man. Man handelt mit Facetten.

Das ist Nächstenliebe, bestenfalls. »Das mag ich besonders an ihm«, sagt man, wenn man das Erworbene vorzeigen will.

Goldmann, die stumme Leiche von vis-à-vis, war mein Nächster, und ich habe seine Stimme als das von mir Erworbene immer gerne vorgewiesen.

Ich habe nicht viele Nächste gehabt. Ich kann sie an einer Hand abzählen.

Eine Hand für meine Nächstenliebe, und die Menschen starben mir unter den Fingern aus: Der letzte Mann für das ganze Paris, denn ich habe der Stadt die Brunnen gegraben. Ich habe mir sogar eingeredet, daß ich es für die Menschen von Paris täte.

Ich war in Goldmanns Augen nur ein Erdhandwerker. Aber auch Goldmann hat aus den Brunnen getrunken.

Als ich zur Seine ging, kam ich an einigen Brunnen vorbei und sah das Wasser in der Tiefe. Jetzt trinkt es niemand mehr. Doch das macht die Brunnen nicht schlechter als die Dome, in die niemand mehr geht.

Nur ich trinke noch aus einem dieser Brunnen, die ich grub. Doch auch alle anderen habe ich für mich gemacht, weil ich nicht vergeblich ein Geologe gewesen sein wollte. So sieht es wirklich mit der Nächstenliebe aus, mit dieser »Seid-umschlungen-Millionen-Liebe«. Menschen waren viel weniger soziale Wesen, als sie sich einredeten, nur um sich vor ihrer grauenvollen Geschichte zu beruhigen.

Mich brachte Goldmanns Schweigen dazu, über meine Beziehungen zu Menschen nachzudenken. Über die Facetten in meinem Kopf. In Wirklichkeit waren es keine Menschen, sondern meine Vorstellung von ihnen: Geschliffene Teilchen von Menschen, die ich gekannt hatte.

Die Facette Goldmanns: Seine Stimme. Seine Sprache. Heute ist es das wichtigste, das spiegelndste Teilchen von ihm in meinen Kopf, wenn ich an meinen besten Freund denke. Goldmann liebte die Sprache. Er litt darunter, daß die Sprache verkam. Sprache war für ihn das einzige, was ihm wirklich heilig war. Wer anderen nichts mehr zu sagen hat, der stirbt aus, hatte er gesagt, ein paar Tage, ehe er in der Sonne starb. Goldmanns Nächstenliebe war die Sprache.

Die Facette Sara: Ihre Mütterlichkeit. Ihre Nächstenliebe waren ihre nie geborenen Kinder.

Die Facette Dominique: Ihr Körper. Ihre Nächstenliebe war die Hingabe an Männer, in ihrem schönen Haus.

Ich bin der erste Mann in Paris, der definitiv ohne Nächstenliebe auskommt, weil es keinen Nächsten mehr gibt, den man lieben kann, lieben darf, lieben muß. Und keine sind da, die einen lieben können, lieben dürfen, lieben müssen.

In der langen Verweildauer der Menschheit gab es einmal viele Beispiele von Nächstenliebe und Nächstenhaß. Mit der Dämmerung verschwand der Haß, und später redete man sich auch nicht mehr viel auf Liebe heraus. Nicht einmal die Pastoren taten es. Und niemanden störte es. Man ging miteinander um. Und der Umgang ohne Liebe und Haß war ziemlich makellos. Als alle Leute alt waren, liebten sie außer sich selbst am meisten die Sonne. Denn die Nacht war sehr nahe.

Auch ich denke jetzt wieder: Mein letzter Sommer. Aber noch deckt mich die Sonne zu. Eine Wolke zieht vor die Sonne, und kühler Wind springt auf. Die Wolke zieht mir meine Decke weg. Das stört, und ich ärgere mich. Ich denke auch, daß die Sonne unsere letzte Liebe ist. Sie ist hundertundfünfzig Millionen Kilometer entfernt und ein Stern von mittlerer Größe.

Als Galilei das zu begreifen begann, da drohten ihm noch die Statthalter der Nächstenliebe mit Streckbrett und Scheiterhaufen. Und er wußte nicht einmal, daß es nur ein Stern mittlerer Größe war.

Bis dahin hatten die Menschen den Mittelpunkt des Universums für sich reserviert. Und wenn es damit schon nichts mehr war, hätte man doch wenigstens einen Stern erster Ordnung als Sonne beanspruchen können. Wäre das Gott nicht seiner Menschheit schuldig gewesen? Auch wenn ein Stern dieser Größenordnung die Erde längst vor dem Erscheinen der Menschheit verbrannt hätte.

Galilei hat widerrufen. Ein Scheiterhaufen vor der Tür war heißer als ein Stern mittlerer Größe in hundertundfünfzig Millionen Kilometer Entfernung.

Die Aufklärung kam erst viel später, dann die modernen Naturwissenschaften, die Atombombe, die Atomkraftwerke und die Viren.

Ich bin der letzte Naturwissenschaftler von Paris und sitze in der Sonne. Ich finde hundertundfünfzig Millionen Kilometer eine vertrauliche Distanz für Liebe. Ich sitze vor meinem Wohnmausoleum und wärme mich an der Liebe Gottes.

10

Ich öffne meine Kiste und habe immer noch Lust auf meine Erinnerungen. Jetzt habe ich wieder Appetit auf die Mitte meiner Vergangenheit. Apropos Appetit: Vergleicht man das Leben mit einem Menu, dann serviert man in seiner Mitte das Hauptgericht.

Die Vorspeise aß ich gemeinsam mit Dominique. Besser sollte es heißen, daß ich Dominiques Vorspeise war.

10. Oktober 2053

Es ist noch sehr warm in Paris. Ein Herbst, der wie ein Sommer ist. Ich spaziere mit Sara in der Stadt. Wir haben kein Ziel. Wir spazieren durch die Straßen, weil es ein schöner Tag ist.

Sara trägt ein durchsichtiges Kleid. »Kann ich so gehen?« hat sie gefragt.

»Auch die Sonne hat heute keine Wolken. Es ist ein fröhlicher Tag«, antwortete ich.

Es sind viele Leute auf der Straße. Mir fällt auf, wie lässig sie gehen. Alle scheinen nur wegen des warmen Wetters auf der Straße zu sein.

Der Verkehr auf den Fahrbahnen hat abgenommen.

»Sie sehen aus wie zu weite Hosen«, sagt Sara.

»Wer?«

»Die Fahrbahnen. Schau nur, wie wenig Autos fahren. Wie im neunzehnten Jahrhundert.«

»Da fuhren keine Autos, sondern Kutschen.«

Wir spazieren den BOULEVARD HAUSSMANN an den Gebäuden der Banken entlang. Das schräge Herbstlicht zeichnet Schatten hinter die Vorsprünge der Simse.

»Wie mag denen da drinnen heute zumute sein?«, fragt Sara.

»Kühler«, antworte ich fröhlich.

»Ach ja, wenigstens die Klimaanlagen werden noch funktionieren«, meint die praktische Sara.

»Sollen wir auf den Eiffelturm steigen?« frage ich. »Als ich das letzte Mal von dort oben heruntersah, war ich noch ein Kind.«

»Ich war nie da oben. Doch nicht auf den Eiffelturm. Wenn schon irgendwo hinauf, dann auf den Arc de Triomphe. Und der ist näher«, sagt Sara.

Die Aufzüge funktionieren. Wir fahren mit einer Gruppe nach oben.

Weit liegt Paris in der Nachmittagssonne. Wir umkreisen im Uhrzeigersinn die Plattform. Wir umkreisen einen Stern. Seine Strahlen sind die Straßen unter uns. PLACE ETOILE, ein Kosmos. Welch eine Stadtbaukunst! Was ist Paris doch eine schöne Stadt!

Und wie ich auf Paris blicke, spüre ich, daß ich nicht die Stadt anschaue, sondern sie mich, mit der unsäglichen Gleichgültigkeit einer schönen frustrierten Frau, der die Zärtlichkeit ihrer Liebhaber längst ganz egal ist.

Sara lehnt an der Aufzugverkleidung und hält ihr breites Gesicht der Sonne hin. »Wenigstens kann man noch in die Sonne gehen. Der atomare Winter, vor dem sich unsere Eltern fürchteten, bleibt uns erspart.«

Später, auf dem Heimweg, als es schon dämmert, sagt Sara, daß sie gerne mit mir ans Meer fahren möchte.

Als Landschaft hat sich mir außer der Stadt Paris das Meer eingeprägt. Zweimal taucht es auf. Es ist wie ein geheimes Zeichen in meinem Leben, eine Chiffre in meinen Tagebüchern, die den vollkommenen Mutterschoß beschreibt, der gebiert und wieder zurücknimmt.

Offenbar war diese chiffrierte Sehnsucht, Anfang

und Ende in einem zu sein, in beiden Frauen, mit denen ich zu so unterschiedlichen Lebenszeiten zusammen war.

Das erste Mal sah ich das Meer, als mich Dominique mit dem Motorrad fast gewaltsam dorthin brachte.

Bis zu meiner zweiten Reise verließ ich die Stadt Paris nicht mehr. Derartige Seßhaftigkeit war die Regel.

Denn als die Katastrophe sichtbar geworden war, waren die Menschen so gelähmt, daß sie meist wie festgenagelt an ihren Wohnplätzen blieben.

Nur wenige reisten umher, um die Zeit zu verkürzen. Denn man glaubte, reisen ließe die Zeit vor der Zeit enden.

Aber seine Zeit zu verkürzen, wie es Dominiques Eltern getan hatten, war wie ein Sakrileg. Denn Zeit war für die letzten Menschen das Heiligste, und das wollte man behalten, so lange es ging.

Ich erwähnte bereits, daß es kaum Selbstmörder gab, seit der Rest der Zeit hoch und heilig war. Dabei hätte man bei fallender Hoffnung das Gegenteil erwarten können.

14. Mai 2054

DEAUVILLE, wo man sich früher vergnügte, ist eine

Geisterstadt geworden. Geister sind unsichtbar. Ich will sagen: Deauville ist leer.

Der alte Portier, in der leeren Halle des Hotels aus dem neunzehnten Jahrhundert, sagt: »Wir haben jetzt Vorsaison.«

»Wann ist Saison?« möchte ich ihn fagen. »Wenn die sechzigjährigen Kinder im August Schulferien haben?«

Ich frage nicht. Der Portier ist uralt und hat erlebt, als noch Familien in die Ferien fuhren. Wenn ungeduldige Kinder unter seinem Portiersblick in der Halle stillehielten und es nicht erwarten konnten, am Strand über den flockigen Sand zu rennen.

Sicher hat der Portier die Saison am Meer noch gekannt.

Jetzt sitzen drei Greisenpaare in der großen Halle. Sara und ich sind das jüngste davon.

»Ich möchte im Zimmer das Meer hören können«, sagt Sara. »Ich meine das Geräusch der Wellen.«

»O ja, das können Sie, Madame. Öffnen Sie nachts die Fenster. Dafür, daß wir erst Mai haben, ist die Luft schon angenehm warm. Nachts klingt das Meer am schönsten.«

Der alte Portier kennt den Klang der Wellen gut. Er hatte lange Zeit gehabt, um dem Meere zuzuhören. Das übt sich ins Ohr, bis man der letzte Portier von Deauville ist.

Sara schläft. Die Reise hat sie erschöpft. Es gab lange Aufenthalte und Unbequemlichkeiten mit den Zuganschlüssen. Zudem hatte sie zuviel Koffer mitgenommen.

Sara schläft, und ich sitze am Fenster und lese eine kurze Geschichte von Maupassant.

Sie handelt von einer jungen Hure, die nach dem Krieg siebzig/einundsiebzig einen deutschen Besatzungsoffizier tötete. Nicht deshalb brachte sie ihn um, weil er sie sadistisch mißhandelt, sondern weil er während ihrer persönlichen Mißhandlung Frankreich beleidigt hatte. Diese Geschichte soll sich hier in der Normandie im neunzehnten Jahrhundert zugetragen haben, und ich sitze in einem solchen Gemäuer aus dem neunzehnten Jahrhundert am Fenster unseres Hotels, und die Sonne bescheint und beleuchtet mir die Buchseiten, die ich lese. Maupassant ließ es regnen in seiner Geschichte.

Ich lese von einer kleinen Hand, die ein Obstmesser mitten in die Kehle eines albernen Mannes gepiekt hat und damit die Ehre Frankreichs rettete, ohne an sich selbst zu denken. Wieder einmal, wie vorher und nachher und wie so oft. Die hatten Sorgen damals! Nicht zweihundert Jahre her, aber wie weit! Ein kleiner Unfall in einer biologischen Fabrik und ein banaler Diebstahl genügten, um Jahrhunderte Jahrtausende weit weg zu schaffen.

Trotzdem ist es eine elegant erzählte Geschichte. Maupassants Französisch ist immer noch schön. Wenn ich der letzte Mensch sein würde, der Französisch spricht, wird diese Sprache durch meinen Tod zu Ende sein. Während ich Maupassant lese, habe ich das Gefühl, daß ausgerechnet ich dieser Letzte sein werde.

Das Zimmer ist ungelüftet und kühl von alter Feuchtigkeit. Ich öffne das Fenster und höre das Meer rauschen, wie es der Portier Sara versprochen hatte.

Sara, die das Meer hören wollte, schläft.

Ich schaue sie an: Eine alte schlafende Frau. Der Schlaf macht sie häßlich. Ihre Lippen sind halb geöffnet und etwas Speichel glänzt in einem Winkel ihres Mundes.

Ich drehe mich um und schaue aus dem Fenster auf das graue Meer. Ich will nicht zusehen, wie der Schlaf Sara alt macht. Ich halte mich an den Zeitschlag der Wellen und warte, daß Sara jünger aus der Metamorphose eines sabbernden Todes erwacht. Denn vor allem habe ich mir von dieser Reise versprochen, daß wir davon ein bißchen jünger würden.

Nachdem Sara sich den Schlaf aus dem Gesicht gewaschen hat, sieht sie wirklich jung aus. Ihre dunklen Brunnenaugen leuchten, als sie mit mir das Meer betrachtet.

»Komm, wir wollen es begrüßen, ehe es dunkel wird«, sagt sie.

Wir gehen am Saum des Wassers entlang, Saras Füße folgen genau der feuchten Linie, die das Meer vom Land trennt. Sie hat die Schuhe ausgezogen. Ich schaue auf ihre nackten Füße, die eine Grenzlinie abschreiten wie die Füße einer Priesterin. Ab und zu werden sie von etwas Gischt übersprüht.

Ich trage Saras Schuhe in meiner rechten Hand, mit der linken halte ich ihre große Hand umschlossen, spüre das Vibrieren in ihrer Handfläche, wenn ein Gischtwurf ihre Füße trifft.

Ich denke an die erste Reise. Ich sehe Dominique und die Steine am Strand. Auch damals hatte ich die Vision einer Priesterin. Da war es ein erster Versuch, heute müßte daraus Vollendung werden, wenn es noch Vollendung gäbe. Besser sollte ich es nicht Vollendung, sondern eine weitere Annäherung nennen: Ein paar Millimeter Annäherung.

Eine Generation, die das Ende der Meßlatte so gut sehen kann wie unsere, sollte das Wort Vollendung möglichst vermeiden.

Wir haben uns dem Meer in mythischer Absicht genähert, um es zu begrüßen. Über die warme Brücke unserer Hände sind wir uns nah. Nichts mehr vom häßlichen Verwesungsschlaf. Wir sind jung.

15. Mai 2054

Die Ferienpaläste der Millionäre wirken verfallen. Es sah hier immer so aus, als würden die Villen sich hinter ihren Mauern verstecken. Die Besitzer sind gestorben oder verlassen Paris nicht mehr.

Bisweilen sieht man die Hausmeister mit Hunden in den Gärten umhergehen und mit Hacken hier und da einen Schlag gegen das Unkraut führen, das immer üppiger aus der Gepflegtheit der Gärten ausbricht und die Vergeblichkeit der Hausmeister rechtfertigt.

Herren gibt es nicht mehr, aber Hunde.

Hausmeister sind unwirklich, weil sie ohne Herrschaft vergeblich sind. Es ist kein Wunder, daß Unkraut ausbricht und sich das Recht über die Gärten nimmt, Kraut zu werden.

Der Versuch eines Gesprächs endet rasch. *Privatbesitz*, sagt der Hausmeister, der damit gegen seine Vergeblichkeit kämpft. Mürrisch und sprichwörtlich weist er uns an, daß wir uns zum Teufel scheren sollen.

Ich erwidere durch das rostige Gittertor, daß im Jahre vierundfünfzig »Privatbesitz« ein obszönes Wort sei, doch Sara zieht mich fort. Sie will nicht mit alten Hausmeistern streiten, die längst vom eigenen Hund und von Unkraut überholt sind.

Der Yachthafen von Deauville ist ein einsamer Ort. Es liegen einige kleine Segelschiffe am Bund, halben Weges zwischen Luxus und Unrat.

Zwischen den halbtoten Zwergen liegt ein halbtoter Riese. Ein Dreimaster, genauso heruntergekommen wie die anderen Schiffe. Eine Schiffsmumie schon, doch von der Wucht seiner Gestalt aufrechter gehalten. Die kahlen Masten beugen sich leicht in der Dünung, das den Anblick wirklicher und deshalb noch gespenstischer macht.

»Ein dümpelndes Geisterschiff«, sage ich zu Sara.

»Es hat sogar einen Geist, oder ein Besucher der Geister ist an Bord«, und Sara zeigt mit ihrer breiten Hand auf einen alten Mann, der über das Deck zur Brücke schlurft.

»Sind Sie der Kapitän?« rufe ich.

Er sieht uns und kommt langsam zur Reling.

»Der Eigner«, antwortet er. »Kommen Sie an Bord, wenn Sie Lust haben.«

Wir gehen über ein Fallreep auf das Schiff.

Der Eigner nennt einen langen Namen. »Ich stamme von den Normannenherzögen ab. Elftes Jahrhundert«, sagt er, als erkläre er eine Antiquität. Es ist ein bemerkenswert dicker Mann, mit breiten geröteten Wangen und noch geröteterer Nase. Ein Urbild von Kraft nahe am Schlaganfall.

Der späte Herzog führt uns in die Kajüte. Ein luxuriöser Raum, ungepflegt und reich. Ich denke, daß es so beim Fliegenden Holländer ausgesehen haben mußte.

Er entkorkt eine Flasche Wein. »Die letzten von einem großen Vorrat. Jahrgang zweiunddreißig. Das Jahr der Olympiade und unserer großen Weltreise. Ein wundervolles Weinjahr.«

»Das ist ein sehr alter Wein«, sage ich und denke an die schöne Speerwerferin, in die ich mich in jenem Jahr so sehr verliebt hatte, daß ich fast Paris aufgegeben hätte.

»Ich hatte von diesem Rotwein einmal zweitausend Flaschen an Bord. Ein ganzes Cuvet. Jetzt sind es nur noch zehn.«

Wir sind beschämt. Unser Gastgeber scheint es zu bemerken. »Daß ich heute mit jemanden zusammen trinke, ist selten – nicht der Wein. Das war einmal anders«, sagt er.

Der Wein schmeckt reif und schwer.

»Mein Großvater hat das Schiff erbauen lassen. Es fuhr damals nur unter Segeln. Erst mein Vater baute die Maschine ein.«

Er betonte es so, als habe sein Vater durch den Einbau des Motors ein Zeitalter verändert. »Erst nach dem Tod meines Großvaters durfte es den Motor geben. Denn der haßte Maschinen, obwohl er zehn Fabriken besaß. Er glaubte, daß Maschinen die Menschen umbringen würden, und gewissermaßen hat er ja auch Recht behalten. Er floh vor seinen Maschinen auf dieses Schiff.«

Der alte dicke Mann, der ein Herzog von der Normandie oder so etwas ähnliches ist, trinkt nachdenklich einen Schluck Wein.

»Er ist um Afrika gefahren.«

»Wer?«

»Der Rotwein. Mit tausend Flaschen sind wir um Afrika herumgefahren. Vor fünfzehn Jahren. Zweitausendneunundvierzig. Wir waren länger als zwei Jahre unterwegs. Oft haben wir wochenlang in Häfen gelegen. Casablanca, Lagos, Kapstadt, Tamatave.«

Mir fallen Dominiques Eltern ein, und ich höre den Herzog sagen: »Ich glaube, wir haben überall nach Leben gesucht.«

Weil mir Dominiques Eltern eingefallen waren, frage ich spontan: »Nicht nach Tod?«

Er sieht mich an, als verstünde er mich nicht: »Aber ich lebe doch noch.«

»Es hat keine Bedeutung«, sage ich schnell. »Ich dachte nur an Leute, die ich gekannt habe. Die reisten, weil sie ihrem Tod begegnen wollten. Doch fahren Sie noch immer hinaus?«

»Nein. Man bekommt keine Mannschaft mehr zusammen. Alle zu alt, und die Arbeit auf einem Großsegler ist schwer. Stellen sie sich lauter sechzig- und siebzigjährige Männer vor, die in den Rahen die Segel setzen.«

Er trinkt wieder und sagt: »Denken Sie nicht, daß es eine Trauerreise um Afrika herum gewesen wäre. Wir hatten unseren Spaß dabei. Wir haben wahrhaftig unseren Spaß gehabt.«

Ich will nicht fragen, wie der Spaß ausgesehen hat, doch der alte Mann sieht zufrieden aus, und seine Nase glänzt feucht wie eine Hundenase.

»Meine Vorfahren haben während aller Kriege gekämpft. Und die Normandie war fast immer dabei. Besonders im Hundertjährigen Krieg waren meine Ahnen an allen Fronten: Manche kämpften für den König von Frankreich, manche für den König von England, und sie schlugen sich gegenseitig tot. Ist es nicht ein Witz, daß ausgerechnet ein harmloser Mann wie ich übrigblieb, der friedlich um die Welt segelte und seinen Spaß hatte? Harmlos und spaßig paßt gut zusammen.

Schade, daß nur so wenige und so spät darauf gekommen sind. Aber finden Sie nicht, daß wir beide eine Allegorie sind, ich und mein Schiff, und daß ihr mir dankbar sein müßt, daß ich sie euch vorgeführt habe?«

Der Herzog ist wirklich eine allegorische Figur. Deshalb vermute ich, daß er diese Feststellung als Abschluß meint und ihr nichts mehr hinzuzufügen wünscht. Die Flasche ist ohnehin ausgetrunken.

Wir verabschieden uns von dem alten Mann, der jetzt nicht mehr so munter zu sein scheint, und der unser Weggehen kaum noch bemerkt.

11

Ich lege das Tagebuch in die eiserne Kiste zurück und lasse den Deckel zufallen. Das Schließen der Kiste hört sich in meiner totenstillen Umgebung merkwürdig lebendig an. Ich blicke meine Straße hinunter. Die Grabhäuschen gleichen ehrpusseligen alten Damen, die ihre Würde verteidigen. Ich wohne in der Straße der »Komischen Alten«.

An der Nordwestecke des Friedhofes stellen die Hunde wieder den Kaninchen nach. Ich höre ihr hohes Jagdgebell. Es ist wahrscheinlich das Rudel aus der AVENUE DE LA REPUBLIQUE, das ich kenne. Das sind meine nächsten Nachbarn. Ich biete ihnen manchmal Wasser aus meinem Brunnen an.

Einmal schenkte mir der Leithund ein Kaninchen. Früher nannte man das Nachbarschaftshilfe, jetzt braucht man keine Worte mehr dafür zu erfinden, denn die Hunde verstehen sie nicht und kennen natürlich auch die Gehässigkeiten nicht, mit denen die Menschen sich gegenseitig ihre Hilfen abwogen.

Ich hole aus meinem Grabwohnhäuschen eine Schüssel. Vielleicht kommen gleich meine Nachbarn durstig zu Besuch und bringen mir ein Kaninchen mit.

Es ist ein langer und warmer Sommer. Für meine Ansprüche ist so ein Sommer ein schönes Geschenk.

Es ist mein letzter Sommer, denn ich weiß, daß ich nicht noch einen Winter überleben kann, aber dieser Sommer ist so schön, daß er mir die Angst nimmt, das Sterben könnte mir wehtun.

Der sonnenbestrahlte Stein wärmt meinen Rücken.

Das Gebell der Hunde hat sich in Richtung der Metrostation GAMBETTA entfernt.

Vielleicht waren es doch nicht die Hunde aus der AVENUE DE LA REPUBLIQUE, sondern von der anderen Seite des Friedhofes.

Ich stelle die Wasserschüssel wieder beiseite.

Ein versetzter Gastgeber, der Cognac und Gläser wieder unbenützt in den Schrank räumt, fühlt sich immer ein bißchen leer im Herzen und einsamer als früher.

Der heiße Sommer brütet über Paris.

Die Straßencafés wären voll und die Stadt bunt von Sommerkleidern, hätte es nicht vor neunzig Jahren einen wissenschaftlichen Versuch zuviel gegeben. Irgendwer hatte die Büchse der Pandora gestohlen. Jetzt ist die Stadt nicht mehr bunt, denn die Ratten tragen Grau.

Ich überlege, ob es schon der erste Apfel war, den Adam sich vom Baum der Erkenntnis genommen hatte, welcher alle diese Dinge in Gang gesetzt hat, oder ob Adam später noch einmal heimlich über den Zaun stieg, um einen zweiten Apfel zu essen. So um die Jahre, als die Hightech-Zeit auf vollen Touren lief.

Im Paradies hatte Adam keine Waffe. Nirgends steht geschrieben, daß Adam bewaffnet gewesen wäre. Doch der Engel, der Adam vertrieb, besaß eine Waffe. Ein Flammenschwert soll er mitgeführt haben. Und weil in den Äpfeln dieses Wahrnehmungsserum war, hat sich Adam dieses Schwert eingeprägt.

Der Engel war gerüstet, Adam nicht. Doch weil der Engel gerüstet war und Adam vorher den Erkenntnisapfel verschluckt hatte, geriet ihm alles, was er später in die Hand nahm, zur Waffe.

Seit er aber während der Hightech-Zeit den zweiten Apfel gegessen hatte, konnte er es so gut damit, daß dieses Engelsflammenschwert, was es immer auch gewesen sein mochte, dagegen wie ein angezündetes Streichholz ausgesehen hat.

Bis zur Atombombe hätte wahrscheinlich noch der erste Apfelbiß im Paradies ausgereicht. Doch um sich die Bausteine des Lebens zu nehmen und so des Lieben Gottes Karriere einzuschlagen, mußte Adam sich noch ein zweites Früchtchen genehmigen. Und das war sehr giftig.

Nicht in dramatischer Apokalyptik, zwischen Feuerschlünden und gleißenden Himmelsleitern, verließen die Menschen die Erde, sondern dumpf und schluffend: Arbeiter, die abends aus der letzten Metro steigen, alt, verbraucht und unersetzt.

Ich habe alles mit angesehen, ehe ich als Letzter aussteige.

Es lagen eine Menge Rekorde am Wege zwischen dem ersten und zweiten Erkenntnisapfel. Ich habe den größten Rekord aufgestellt: Ich bin *Der letzte Mann von Paris*. Ein Rekord, den vor mir noch niemand geschafft hat, und der sich zugleich durch sich selbst aufhebt. Denn was ist schließlich ein Rekord, den niemand vergleichen kann. Mir wird zum ersten Male klar, daß ich unvergleichlich bin: *Also nichts*.

Der Engel vor dem Paradies hielt sich gewiß für unvergleichlich, doch Adam hat es ihm gezeigt, als er aus seinem Flammenschwert ein Streichholz machte.

Jetzt scheint es so, als hätte der Engel trotzdem gewonnen: Nicht durch den Vorteil seines Flammenschwertes, sondern durch den Vorteil, ein unsterblicher Engel zu sein.

Was natürlich alles keinesfalls erwiesen ist. Denn in Wirklichkeit kam Adam gar nicht aus dem Paradies, sondern aus dem Meer. Die junge Dominique mit ihrem Motorrad war auf seiner richtigen Spur.

Wie lange ist das her? Erst siebzig Jahre? Oder siebentausend Jahre? Oder siebzig Millionen Jahre? Die letzte Zahl paßt am besten in die Vorstellung eines

Geologen. Dominique ist seit siebzig Millionen Jahren ausgestorben. Sara auch. Und Goldmann.

Alle sind ausgestorben!

Ich, an die Wand eines Mausoleums angelehnt, befinde mich immer noch im letzten Jahrtausend meiner physischen Existenz. Denn physische Existenz hat der letzte Mann als Alibi nötig, um der Letzte zu sein. Er hat verdammt real zu sein. Das ist er dem Ersten schuldig. Der Erste kam aus dem Meer und konnte sich später, über die Geschichte vom Paradies, exklusiv auf den Atem Gottes hinausreden. Er wollte nicht die ganzen Einzeller und Pantoffeltierchen, die ihn gebaut hatten, am Meerstrand oder im Paradies herzählen.

Einmal fragte ich Goldmann: »Wonach rechnen die Juden die Jahre?«

»Nach Adam.«

»Und daran glaubst du?«

»Nein, aber das ist auch nicht nötig, um ein Mensch in der Menschenzeit zu sein.«

Auch Adam war, wie das Paradies, eine Metapher. Und die Menschen, die nach ihm hießen, waren ein Spaltprodukt: *Wissenschaftler und Täter.* Was, oberflächlich betrachtet, aussah wie Wissenschaftler *oder* Täter. Wissenschaftler erkannten und erfanden, und die Täter taten's damit, was die Wissenschaftler in akademischer Unschuld erkannten und erfanden. Adam, der Erkenntnis-Apfelesser, war, wie gesagt, die Metapher schlechthin im arbeitsteiligen System der Menschen, in dem

sich die Wissenschaftler und die Täter gründlich ver-
achteten und sich trotzdem einer auf den anderen her-
ausredeten: So kamen Denker und Täter, von ihren
Gewissen unberührt, ungeniert durch die Geschichte.

Nach Saras Tod wußte ich nicht einmal, wo ihr Leich-
nam hingekommen war. Er wurde vom freiwilligen
Bestattungsdienst abgeholt und irgendwo hingebracht.
Feierlichkeiten gab es nicht mehr. Anfangs wurden die
Toten noch mit Autos geholt, später waren es Pferde-
karren, wie sie während der Französischen Revolution
zur Guillotine fuhren. Als die Beerdigungsdienste keine
Pferde mehr hatten, gab es nur noch Handkarren. Der
Kult früher Jahre war endgültig aus der Mode.
Schließlich, wie konnte man »Pomp funèbre« mit
Handkarren treiben?

Insofern war es gegen alle Logik, daß wir auf einen
Friedhof zogen.

Es war auch zunächst nur ein verrückter Gedanke,
den Goldmann und ich wie im Scherz allenfalls probeweise besprachen. Ein leichtes Fetzchen-Gespräch, das
erst mit der Zeit Gewicht bekam und so von einer
verrückten Idee zur fixen Idee heranreifte.

Irgendwann begannen wir unsere Wohnungen im 9.
Bezirk als Totenhäuser zu begreifen. Dabei waren wir
auf den Gedanken mit dem Friedhof gekommen. Mit
Saras Tod hatte das nichts zu tun. Sara war schon viel
früher gestorben.

Möglicherweise war uns beiden gleichzeitig die Idee

dieses Umzuges an einem Vormittag gekommen, als wir von einem Lebensmitteleinkauf zu unseren Wohnungen zurückkehrten.

Es war inzwischen sehr schwierig geworden, Lebensmittel zu finden. Es gab zwar in Paris nur noch wenige Menschen, die noch etwas brauchten, aber noch viel weniger, die etwas zu verkaufen hatten.

Unser Gemüsehändler, der immer noch etwas für uns hatte, war zwischen dem letzten und dem heutigen Besuch gestorben. Verwelktes Gemüse lag noch im Laden herum. Wir steckten einiges in unsere Einkaufsnetze. Vieles war angenagt, Mäuse, Ratten oder Kaninchen hatten bereits einen Teil des Gemüsenachlasses verzehrt.

Auf dem Rückweg ruhten wir uns auf Stühlen aus, die seit Jahren vor einem geschlossenen Bistro an der Ecke der RUE DU FAUBOURG MONTMARTRE und der RUE MONTYON standen.

Die Straße wirkte wie eine verkommene Filmkulisse, die aus Fassaden bestand, hinter denen es keine richtigen Häuser gab. Die Fenster waren trübe wie blinde Augen. Es war am hellichten Vormittag totenstill. Nur ab und zu schlurften Fußgänger durch unser Blickfeld.

»Das ist ein Friedhof«, sagte ich.

»Nein«, antwortete Goldmann. »Das ist der 9. Bezirk. Nur ein Friedhof ist ein Friedhof. Aber hier haben wir den Tod vor uns. Sieh dir diese toten Häuser an, in die Leute hineingehen und da leben, als lebten sie nicht mehr. Hier haben wir immer den Tod vor uns. Auf einem Friedhof hätten wir dagegen den *Tod hinter uns.* Dort würden wir in frischerer Luft leben.«

Ich glaube, daß sich in diesem Augenblick der absurde Gedanke in unsre Köpfe gesetzt hat. Seit wir an der Ecke der RUE MONTYON saßen, nach dem Besuch beim toten Gemüsemann, war der Gedanke da. Es bedurfte aber noch vieler Stufen der Wahrnehmung, bis er zur fixen Idee heranwuchs, und weiter, bis wir schließlich auf den PÈRE LACHAISE umzogen.

Heute morgen gingen wir zum PÈRE LACHAISE. Frühzeitig sind wir aufgebrochen, denn es ist für alte Männer ein weiter Weg. Wir sind nicht mehr kräftig, essen nur wenig, Vegetarier sind wir schon lange, seit die letzte Fleischerei schloß. Erst widerstrebend, waren wir dann immer mehr damit einverstanden, daß die letzten Menschen die Welt so vegetarisch verlassen sollten, wie sie das Paradies vegetarisch betreten haben: Denn im Paradies gab es keine Fleischerei. Da lag der Löwe neben dem Lamm. Nun gibt es wieder keine Metzger mehr.

Wir gehen die Boulevards entlang, immer weiter: Paris ist groß. Auf den breiten Fahrbahnen werden nur einige Karren von alten Leuten gezogen. Man kann schwer unterscheiden, ob es Männer oder Frauen sind.

Auf einer Karre liegt ein Toter. Der freiwillige Bestattungsdienst arbeitet. Auf anderen Karren ist Grünzeug für die Lebenden.

Wir sind eine Expedition in Sachen unseres eigenen Ausgangs: Forschungsziel PÈRE LACHAISE. Wir überqueren die PLACE DE LA REPUBLIQUE wie Peary den fünfundneunzigsten Breitengrad auf dem Weg zum Nordpol. Hier ist es wärmer. Viel wärmer.

Wir erreichen den Friedhof an seiner oberen Ecke. Wir umkreisen die äußere Mauer. Der verwilderte Hügel, auf dem sie steht, gibt dem Friedhof das Aussehen einer Festung.

Die Eingänge stehen offen. Früher gab es hier schwarzgekleidete Wächter, die auf Ordnung bei den Toten hielten, und die verhinderten, daß Hunde auf den Friedhof kamen. Jetzt kommen nur noch die Hunde.

Goldmann und ich gehen durch das große Tor.

»So hat sich vermutlich Adam seine Rückkehr ins Paradies nicht vorgestellt«, sagt Goldmann.

Wir gehen durch die Alleen, betrachten die kleinen Mausoleen wie Häuser, die zum Verkauf anstehen.

»Das da sieht bequem aus«, sagt Goldmann und zeigt auf eine kleine Kapelle. Aber das Dach ist undicht.

Schließlich finden wir zwei gegenüberliegende Grabhäuschen, deren Bausubstanz heil genug zu sein scheint, um unser Leben auszuhalten. Vor allem liegen sie sehr nahe bei dem Brunnen, den ich baute.

Wir werden Wasser haben und Platz genug, uns ein kleines Gemüsefeld anzulegen.

»Werden wir Friedhofsbauern«, sage ich.

»Ein neuer Beruf. Menschen sind eben innovativ.«, antwortet Goldmann sarkastisch.

Wir mieten von den Toten mietfrei zwei Grabhäuschen auf Lebenszeit.

Es dauerte noch Monate bis zu unserem Exodus aus dem 9. Bezirk. Denn der Gedanke ist eine Sache. Erst dann kommen Details zum Vorschein.

Man mußte zum Beispiel überlegen, ob wir alten Männer überhaupt in der Lage sein würden, die nötigen Dinge, die wir für unser Leben auf dem Friedhof brauchten, auf einer Handkarre zu transportieren. Und dann müßten wir eine solche Karre beschaffen.

Wir unterhielten uns mit zwei Männern, die eine Karre über den BOULEVARD HAUSSMANN schoben. Wir fragten sie aus, wie lange sie es eingespannt schafften, ob sie viel Training hätten, ob überhaupt Training notwendig sei, um eine Karre zu ziehen.

Anfangs waren sie ungehalten, wie Arbeiter ungehalten sind, mit denen Müßiggänger über ihre Arbeit reden wollen. Dann aber wurden sie zugänglicher, überließen uns die Karre sogar zu einem Probeziehen, korrigierten unsere Körperhaltung. Sie gaben uns Tips, wie man die Zugkraft am günstigsten einsetzt, um unnütze Kraftverluste zu vermeiden. Zum Beispiel durch eine geringfügige Verlagerung der rechten Schulter.

Ich spürte sofort, daß es leichter wurde, wenn ich zehn Grad seitlich zur Laufrichtung anzog.

Wir erzählten von einem bevorstehenden Wohnungswechsel, verschwiegen aber, wohin wir umziehen wollten, und verabredeten uns für den nächsten Tag zu einem neuen Karrentraining.

»Neandertal ist jetzt überall«, sagte ich zu Goldmann. »Eben haben wir die Erfinder des Rades getroffen.«

13. Mai 2087

Heute sind wir auf dem PÈRE LACHAISE eingezogen. Fast ein Jahr ist seit unserem ersten Besuch vergangen.

Der Herbst war naß und kalt. Die feuchte Luft wehte durch Paris, drang in die ungeschützten Häuser ein und nahm Menschenleben mit sich, als seien sie leichter als Baumlaub.

In diesem Herbst starben in Paris viele Leute.

Es gab keine Medikamente. Die Kranken, die früher

mit Pillen siegreich gegen tausend Tode gekämpft hatten, waren hilflos gegen eine Grippe, die ihnen ein Wind ins Haus wehte.

Auch Goldmann war erkältet. Er reckte mir seine gerötete Nase entgegen und sagte: »Jetzt habe ich den Steinzeitschnupfen. In der Steinzeit war jeder Mann schon mit dreißig ein Greis.«

Wir haben zwei Tage lang eine Karre gezogen.

Auf der PLACE DE LA REPUBLIQUE haben wir eine Nacht zugebracht und neben der Karre unter freiem Himmel übernachtet.

Es war eine klare Mainacht.

Wir lagen neben unserem Hausrat und betrachteten die Sterne. Das Firmament sah sehr entfernt und ewig aus. Ein entferntes Flimmern unausdenkbarer Ewigkeiten. Nicht hilfreich für zwei alte Männer, und überhaupt nicht sehr gotteströstlich. Wir lagen ganz allein unter fernen Sternen auf einem großen Platz in Paris.

Wir sind Wassertropfen in einem Fluß, der durch einen See fließt. Wir müssen aus diesem See wieder hinausfinden in eine neues Flußbett, das uns zum Ziel bringt.

Wir durchqueren den Platz wie einen See und schieben unsere Karre vor uns her.

Am Mittag kommen wir auf dem PÈRE LACHAISE an und ziehen ein.

Ich habe als Franzose das Aussterben der Menschen erlebt und ihm zugesehen.

Ich bin ein seßhafter Bürger von Paris. Bis ich auf den PÈRE LACHAISE zog, war ich ein Einwohner des 9. Bezirks. Nun bin ich ein Friedhofsbürger zwischen schönen Grabhäuschen. Jedes Tier wäre mehr herumgewandert als ich.

Religion oder Weltanschauung habe ich nicht. Wäre ich als gläubiger Christ ein anderer Mensch gewesen? Hätte ich als Christ anders gelebt als Goldmann? Und hätte dieser dann für mich anders als ich gelebt und gedacht, weil ich sein Jude-Sein auf mein Christ-Sein projiziert hätte?

Kaum, denn seit den Viren gab es ohnehin eine andere Verständigung, die sogar den Begriff der Toleranz überflüssig machte. Wer früher von Toleranz redete, suchte nach dem größten gemeinsamen Nenner, auf den man die Leute bringen konnte. Vor der Katastrophe kleisterten und klitterten die Leute nach Herzenslust, und je mehr sie es taten, umso toleranter fühlten sie sich. In der Endzeit hatte man dieses Bruchrechnen schon lange aufgegeben.

Goldmann und ich waren Freunde und auf langem Weg Brüder im Geist. Er war den Wurzeln nur immer ein Stück näher als ich, aber ich wußte bis zum Ende nicht, ob dies nun das jüdische oder das goldmannische in Goldmann war. Auch auf der Bühne war er immer bis zu den Wurzeln gegangen, als Lear, als Prospero.

Schauspieler er, Naturwissenschaftler ich, er Jude,

ich kaum ein Christ: Er mit Wurzeln im Wort, ich mit Wurzeln in der Erde.

Das ganze Abendland kämpfte jahrhundertelang um den richtigen Weg zur Erlösung, und das schleppten wir bis in die Neuzeit mit uns herum. Nun sind Wege nicht mehr wichtig, weil es nichts mehr zu gehen gibt.

Gelegentlich fragte ich Goldmann: »Hat sich Gott geirrt?«, und er sah mich nur mit seinen alten Judenaugen an.

Dann hatte er mir geantwortet: »Gott kann sich nicht irren. Er ist kein Mann mit Bart, wie ihn Michelangelo malte. Aber vielleicht irrten sich die Propheten und die Rabbiner, und die Pfaffen irrten sich ganz bestimmt. Der Mensch als Krone der Schöpfung! Nebbich, was soll das schon heißen. Jetzt sterben wir aus wie die Saurier. Nur die Saurier starben viel unschuldiger aus als wir.«

So redete Goldmann, der mir trotzdem das Kaddischgebet in seinem tiefen Tal zwischen Tradition und Zweifel aufgeschrieben hat.

Die Astronomen, denke ich, hätten es am besten wissen müssen. Sie sahen Sterne sterben, die es längst nicht mehr gab, weil das Licht der toten Sterne bis zur Erde noch Jahrtausende unterwegs war.

Die schwarzen Löcher in der Ewigkeit!

Wie lange, denke ich, ist diese Menschenheit schon ein schwarzes Loch, und wir Überlebenden sind nur Licht, das noch unterwegs ist. Autodafés, Auschwitz und Atombombe: Wie lange sind wir schon ein Schwarzes Loch? Ein totes Licht, das sich selbst zu Ende leuchtet?

Ich denke darüber nach, wie die Menschen ausgestorben waren, die an Seelenwanderung geglaubt hatten. Die Hindus zum Beispiel. Ich versetze mich in die Rolle des letzten Mannes von Delhi, sozusagen. Ich stelle mir die vielen Ratten vor, die ich sah, als sie aus der Metro kamen, und daß sie Seelen von Delhis Bürgern in sich tragen. Diese Seelen, waren sie verhältnismäßig rein gewesen, würden nach dem Tod der Wirtsratte vielleicht schon in einen Hund aufsteigen. Doch wohin dann?

Der letzte Mann von Delhi hört eine Symphonie, die sich selbst weiterspielt, während die Musiker längst fortgegangen sind.

Hunde sind auf den Friedhof gekommen. Ich höre ihr Bellen.

Es gefällt mir. Es ist lebendig. Es ist wunderbar lebendig.

Die Herbstsonne scheint immer noch, aber die Tage werden nun merklich kürzer und die Ränder der Blätter verfärben sich. Auf dem Atlantik wartet der kalte Wind.

Ich habe nicht verstanden, daß Goldmann mitten in der Sommersonne gestorben ist. Nun glaube ich, daß der Tod in Goldmann, der ihn in der Sommersonne sterben ließ, klüger war als mein Tod, der auf den Wind vom Atlantik wartet.

Das sind so meine Gedanken. Aber ich denke, also lebe ich. Selbst das dümmste Denken macht Leben.

Ich sehe die Grabhäuschen in ihren Totenstraßenreihen stehen, also lebe ich. Selbst das trübste Sehen macht Leben.

Ich esse rohe sandige Möhren. Selbst das schlechteste Essen macht Leben.

Ich fühle Erde zwischen meinen Fingern und kann sie bestimmen, denn ich bin Geologe. Bald werde ich feuchtes Laub riechen, das von den Bäumen gefallen ist, und *wissen, daß es feuchtes Laub ist, das ich rieche.*

Ich bin der Einzige in Paris, der Grabhäuschen sieht und *weiß, daß es Grabhäuschen sind.* Ich bin der Einzige, der die Möhren, die er ißt, auch *gepflanzt hat.*

Sonst nützt das Denken nichts mehr. Denn ich sitze in der Falle, die mir mein Leben stellte, indem es mich den Letzten werden ließ. Mein Problem ist das Problem des gefangenen Tieres.

Aber ich habe Gier nach Leben!

»Warum hat die Giraffe einen so langen Hals?«

Irgendwo ist auch diese Kinderfrage in meiner Eisenkiste eingespeichert, in einem frühen Tagebuch aufbewahrt, in Kinderhandschrift, und auf einmal ist sie wieder in meinem alten Hirn.

Mit unserer Schulklasse machten wir einen Ausflug in den Zoo. Alle Schulklassen gingen nach VINCENNES in den Zoo. Auch die letzte Schulklasse der Menschheit wurde in den Zoo geführt, das war normal, und es gehörte natürlich auch dazu, daß ein Kind nach dem Zweck der langen Giraffenhälse fragte.

Und die normale Antwort eines Lehrers für normale Kinder, auch wenn es die letzten Kinder waren, lautet, daß es in Afrika sehr hohe Bäume gibt, deren Laub die Giraffen fressen. Und der Hals ist die Leiter.

Kinder fragen dann nicht mehr, weshalb die Giraffe einen langen Hals hat: Die Giraffe ist wegerklärt.

Unten zufriedene Kindergesichter, etwas höher ein zufriedener Lehrer und ganz hoch oben ein Giraffenkopf.

So waren die Lehrer immer, wenn sie Kindern etwas erklären wollten: Sie benutzten immer Erfindungen. Eine Leiter kannten die Kinder, und schon war nichts mehr zu bestaunen und zu fürchten bei diesem fremden Tier.

Und für die Erwachsenen gab es auch viele Dinge zum Fürchten, unheimliche Experimente, aber auch den Erwachsenen erkärte man die Kraft aus dem Atom weg, mit harmlosen Dingen, genau wie damals im Zoo von VINCENNES den Kindern die Giraffe.

Schließlich noch ein Experiment. Ein einziges zuviel. Ein ganz leises, unbeobachtetes Experiment, nicht gewaltsam wie eine Atomexplosion, und alle Erfindungen waren umsonst, gemeinsam mit Rad und Leiter, und auch alle Erklärungen, mit denen man Kindern und

Erwachsenen die Welt als Welt der Menschen erklärt hatte.

Jetzt gibt es ungestörte Giraffen in Afrika, wo die hohen Bäume wachsen, und die Erklärer und Erfinder haben mich dorthingebracht, wo ich jetzt bin: Auf den Friedhof PÈRE LACHAISE. Und ich frage mich, ob auch ich nicht ein solcher Wegerklärer geworden wäre: Ein Geologe, der die Erde wegerklärte und ausschlachten ließ, beides zugleich und alles in einem.

Wahrscheinlich wäre ich ein solcher Akademiker- mensch geworden. Aber das einzige Experiment, das Menschen zuviel machten, hatte mich zum Nacherzäh- ler gemacht. Aber die Freude wurde am größten, als das Wissen am vergeblichsten war.

Ich denke daran, wieviel Gedanken hier auf diesem Friedhof zu Ende kamen, immer von neuem, begin- nend mit A, B, C.

Dann, zur Literatur aufsteigend: Molière, Oskar Wil- de, Daudet, de Lafontaine, Eluard. Sie alle lernten lesen, schreiben, und dann schrieben sie, dann starben sie und dann wurden sie auf den PÈRE LACHAISE gebracht, wäh- rend andere Kinder A und B und C lernten und schließlich lasen. Die die Bücher lasen, die Dramen und Lustspiele sahen, die die Toten vom PÈRE LACHAISE geschrieben hatten.

Damals herrschte auf den Gräberstraßen noch reger Verkehr. Nun schaue ich meine Gräberstraße hinauf und hinunter, und es ist sehr still. Meine Füße sind die einzigen menschlichen Füße, die auf ihr herumgehen.

Nur ich höre noch am Grabe Bizets ein Zigeunermädchen namens Carmen singen, höre vom Grabe Chopins ein Nocturne klingen und sehe über dem Grab von Delacroix die Farben der Revolution.

Die Mitglieder der Akademie? Wenn ich sterbe, sterben sie alle mit mir, die Unsterblichen.

Nun sind sie da, die Regenschauer und Winde, die sich draußen auf dem Atlantik zum Winter versammelt haben. Der trügerische Herbsthimmel lächelt nicht mehr seine Bläue über Paris.

Es wird frostig auf dem PÈRE LACHAISE.

Am Abend, als Sturm und Regen nachlassen und die tiefstehende Sonne das nasse Laub am Boden funkeln läßt, kommt mein altes Hunderudel auf den Friedhof.

Und plötzlich taucht der große, wolfshafte Rüde vor mir auf, mein alter Freund, der mir einmal das Kaninchen gebracht hatte.

Er hat sich vom Rudel gelöst, ich höre die anderen Hunde weiter entfernt jagen, ihr Bellen dringt nur noch undeutlich zu mir herüber.

Ohne sich um seine Jagdgefährten zu kümmern, sitzt der Hund aufgerichtet und steilohrig vor mir und betrachtet mich. Er sitzt völlig ruhig und sieht mich mit seinen schönen Augen an, die tief im Braun einen goldenen Schimmer haben. Der Blick ist gut, aber so ernst, daß es mich stumm macht. Ich will den Hund berühren und mit ihm sprechen, aber es gelingt mir nicht. Wir sitzen uns unbeweglich gegenüber.

Wie eine Traurigkeit, die weit hinter mir liegt, versammelt sich dieser Blick des Hundes in mir. Sie ist uralt, und ich weiß, daß es eine besondere Traurigkeit ist, die mir dieser alte Freund als Bote bringt: *Abschied*.

Und der Hund legt den Kopf in den Nacken, stößt dabei einen hohen Laut aus, nur ein einziges Mal, ein kurzes Heulwinseln, sieht mich noch einmal an und läuft dann schnell davon, in die Richtung, wo seine Meute jagt.

Es sind nicht mehr viele Tage bis zum Frost.

Belletristik im Horlemann-Verlag

Mircea Barnaure
Der Name Dracula
Eine Pamphlet Ana-Chronik
128 S., engl. Broschur, ISBN 3-927905-83-6
Ausgezeichnet mit dem Literaturpreis
der Bundesärztekammer 1994

Hans-Martin Große-Oetringhaus
Überlebt
Ein Dorfroman
295 S., gb. mit Schutzumschlag, ISBN 3-927905-68-2

Ludwig Verbeek
Jagd ohne Falken
Essaynovelle
124 S., gb. mit Schutzumschlag, ISBN 3-927905-41-0

Arnold Leifert
Damit der Stein wächst
Gedichte
112 S., gb. mit Schutzumschlag, ISBN 3-927905-83-3

Vénus Khoury-Ghata
Die Geliebte des Notablen
Roman. A. d. Franz. v. S. Köppen
272 S., gb. mit Schutzumschlag, ISBN 3-927905-90-9

Fordern Sie das neueste Gesamtverzeichnis an:
Horlemann-Verlag, Postfach 1307, 53583 Bad Honnef

Belletristik im Horlemann-Verlag

Helma Cardauns
Eine Kölner Kindheit
316 S., gb. mit Schutzumschlag, ISBN 3-927905-31-3
Ausgezeichnet mit dem KölnLiteraturPreis 1993

Helma Cardauns
Luftwurzeln
Die Fortsetzung der Kölner Kindheit
229 S., gb. mit Schutzumschlag, ISBN 3-927905-63-1

Jochen Arlt (Hrsg.)
Ganz unten fließt der Rhein
Kölner Autor(inn)en über den Platz, den sie lieben
120 S., br., 19 ganzseitige Fotos, ISBN 3-927905-69-0

Jochen Arlt
Kölner Stadtgespräche II
Interviewsammlung
192 S., br., ISBN 3-927905-94-1

Achim von Langwege
Zickzack Eigelstein
Neue Kölnische Gedichte
80 S., br., ISBN 3-927905-91-1

Fordern Sie das neueste Gesamtverzeichnis an:
Horlemann-Verlag, Postfach 1307, 53583 Bad Honnef